Calypso

Tome 1
L'île aux orchidées

Armelle Hanotte

CALYPSO

Tome 1 :

L'ÎLE AUX ORCHIDÉES

Armelle Hanotte

www.soromance.com

*Au gré des vagues, de la mer et de l'eau, je navigue
au cœur de l'océan et de ses mystères pour y laisser mes
souvenirs anciens.*

Chapitre 1

Joséphine

Ce fut sous un temps ensoleillé que je quittai la Belgique pour me rendre à Hawaï. Le vent doux effleurait ma peau, me réchauffait. Je me risquais enfin seule à l'autre bout du monde. Depuis ma plus tendre enfance, j'avais voyagé avec mes parents en Amérique du Nord, des USA au Canada, en passant par Hawaï. Nous avions été charmés par la culture locale et la beauté de la nature. Je me souvenais encore de ces balades sur la plage, de mes pieds sous le sable brûlant, de cette chaleur accablante et de l'ambiance festive de nos escapades, dans ce qui nous avait semblé le bout du monde. Jamais je ne m'étais sentie aussi bien qu'à l'étranger. Et puis, j'étais si petite à l'époque. Tout avait paru beau et innocent à mes yeux. Je n'avais pensé qu'au présent, à jouer, à m'amuser… Je ressentais encore la puissance des vagues sur mon corps, le goût salé de l'eau et les grains de sable étalés sur ma peau. Mon enfance avait été si joyeuse.

Mais cette fois-ci, j'étais plus âgée, plus mature et je pouvais enfin visiter sérieusement les lieux. De l'Aloha Tower à la vallée des temples, je ne pourrais que m'émerveiller. Cette île renfermait tant de trésors naturels et de secrets.

L'embarquement terminé, tout le monde installé, le bateau démarra et ce fut alors les derniers au revoir pour tous les passagers. Les personnes restées au sol affichaient leur plus beau sourire, heureux pour leurs proches.

Pensive, je regardais l'horizon en imaginant retrouver cette terre précieuse à mes yeux. Aucun nuage ne parsemait le ciel. Le beau temps me suivrait jusqu'à bon port.

Les cheveux virevoltants, je priais pour qu'il existe toujours cet hôtel magnifique au bord de la mer. Tout me paraissait si magique à cet instant précis. J'avais tout préparé dans les moindres détails pour que ce voyage s'annonçât parfait. L'excitation au creux du ventre, je nous observais nous éloigner de la terre ferme. Je sentais la chaleur me réchauffer le corps. Oui. Je partais enfin.

Ma mère était si fière de moi, fière de ce que j'étais devenue : une femme indépendante, libre et confiante. Grâce à mes expériences passées, j'avais pris de l'assurance. J'osais enfin tenir tête, dire ce que je pensais et, surtout, être moi-même dans cette société oppressante.

Brusquement, le ferry émit un bruit de tonnerre pour signaler son départ, et l'odeur de la mer vint me chatouiller les narines, mêlée aux effluves nauséabonds de pétrole. Je grimaçai, dégoûtée, puis m'éclipsai à l'intérieur. Il me fallut traverser de multiples couloirs et escaliers avant de trouver mon étage. Les murs teints de blanc et le sol recouvert d'un tapis vert, je m'imaginais bien dans une de ces séries espagnoles. J'étais si excitée, joyeuse que j'en avais l'estomac noué.

Quand j'arrivai en face de ma porte, je sortis les clefs de ma poche pour ouvrir lentement. J'aimais cet effet de surprise, d'inconnu. C'était si alléchant, si amusant ! J'étais seule, seule dans une aventure où j'espérais trouver l'amour. J'avais vingt-cinq ans et j'étais toujours célibataire. Mes parents me poussaient à choisir un chemin pour avancer dans la vie, mais j'étais déterminée à voyager avant tout. Récemment diplômée en tant qu'avocate, j'avais éprouvé le besoin de m'envoler ailleurs, de souffler, de me retrouver pour évacuer de mon quotidien et de ma charge de travail. Lors de cette croisière, j'espérais rencontrer un homme qui m'accepterait tel que j'étais. Cela faisait des mois que je pensais à l'amour. En particulier après avoir vu toutes mes connaissances du lycée mariées. La serrure lâcha la pression, je compris au son qui émana de la porte qu'elle était enfin ouverte.

En entrant dans la pièce, je fus stupéfaite par le luxe qu'offrait l'agence de voyages. Un lit double moelleux aux draps dorés, une salle de bain espacée à la décoration tropicale, et ce qui me plut davantage, un énorme miroir à ma droite attaché aux portes de l'armoire noire. Je m'empressai de déposer mes valises et de vérifier si je n'avais rien oublié.

Mes bagages vidés, je découvris qu'il me manquait l'appareil photo que mon père, Alan, m'avait offert pour mes dix-huit ans. Déçue de l'avoir oublié, je continuai mes fouilles et fus soulagée en apercevant mon maillot de bain. Je n'avais pas zappé le principal, ce qu'on prenait absolument en partant en vacances, en particulier sur une île. Vêtue d'une robe fleurie à manches longues, je m'observais dans le miroir. Je ne faisais pas une taille trente-six, mais je me sentais bien dans ma peau. Aux formes légèrement volumineuses, je remarquai encore mes cicatrices sur le poignet ; droites, parallèles et grosses. Cela faisait un moment que je réfléchissais à me faire tatouer pour les dissimuler sous l'encre ébène. Je ne voulais plus les voir ni repenser à cette adolescence dans un lycée à mauvaise réputation. Peut-être que ce voyage allait me permettre de sauter le pas.

La douleur m'avait brisée, détruite pendant toute mon adolescence. Par chance, un psychologue suivait mon évolution, m'empêchait de sombrer une seconde fois dans les ténèbres. Je me rappelais chacune des insultes, des critiques, des rires à mon égard. Ils avaient été sans pitié avec moi. À cette époque, j'encaissais chaque coup, trop timide pour en parler à mon entourage, jusqu'au jour où la colère prit trop de place dans mon cœur. Je me souviendrai toujours de cette fois où j'avais porté plainte et où toute moquerie cessa. Ma guérison représentait ma victoire, ma propre vengeance envers ces crapules. Cette manière de surmonter chaque épreuve me permettait de m'affirmer, de savoir qui je suis.

Au bord des larmes, j'enfouis ces mauvais souvenirs, puis me souris dans la glace. Hors de question de gâcher mon séjour pour des étudiants qui avaient été trop stupides pour s'attaquer à mon physique. Maintenant que les affaires étaient rangées et les valises placées sous le lit, je m'emparai du livre acheté plus tôt dans une petite boutique du ferry. Sur cette couverture douce figurait le titre en or sur un fond de couleur bleue : *La légende d'Hawaï*.

Passionnée par les superstitions et tout événement paranormal en général, je m'installai sur le lit pour dévorer cette nouvelle lecture. Petite, ma mère me racontait tous les soirs une histoire fantastique pour m'endormir. Je passais des mensonges de sorcières aux gloires de dragons, sans oublier la soif de pouvoir des vampires. Grâce à cette habitude, je m'étais découvert un hobby, l'histoire des légendes. Évidemment, je n'en connaissais pas autant que je le souhaitais, manque de temps. Toutefois, je ne refusais jamais une bonne lecture sur ce sujet, ou un documentaire. Les endroits étranges pouvaient être expliqués par n'importe quel scientifique, comme les châteaux hantés, le côté mystérieux de l'histoire resterait à jamais gravé dans mon cœur. La triste réalité de la vie m'oppressait. En tant qu'avocate, j'entendais énormément de faits aussi atroces les uns que les autres : le viol, les vols, les meurtres. Cette passion symbolisait ma seule échappatoire.

Je fus alors absorbée par l'histoire dès les premières lignes. Celle d'une femme maudite à errer sur l'île où son homme l'abandonna des siècles plus tôt :

Alors que Calypso se promit de l'attendre patiemment sur cette terre promise, son âme-sœur, l'homme qu'elle aimait plus que tout, la quitta pour voguer de mer en mer, indéfectiblement attiré par les trésors dispersés de par le monde. Atterrée par ce nouveau départ, Calypso l'admira une dernière fois, tandis qu'Alejandro gagnait le large avec son équipage, puis disparaissait à l'horizon. Ils avaient échangé un baiser passionnel. Chaque instant pouvait être le dernier, ultime bataille ou dispute entre pirates. Forte de ses dons, qu'elle dissimulait à son bien-aimé dans la crainte de se voir rejetée, la belle Calypso savait pourtant qu'il n'échapperait pas à son regard. D'un simple toucher dans le large, elle pouvait localiser Alejandro, l'apercevoir telle une ombre. Une année entière s'écoula, puis une deuxième. Le temps défilait, mais jamais Calypso n'avait pu combler l'absence de cet homme et le vide qu'il creusait dans son cœur. Sa vie entière ne se résumait plus qu'à errer sur son île sans parvenir à noyer son chagrin, amoureuse d'un aventurier aussi beau que mystérieux...

Bien qu'elle s'était promis de ne plus se servir de la magie, elle plongea tout de même sa main dans l'eau de la mer et ferma les yeux. En inspirant profondément, elle se faufila au large d'Hawaï et revit l'homme qu'elle aimait, naviguant près de l'Angleterre. Calypso fut si heureuse de revoir son ombre qu'elle en pleura et remercia les Dieux. Cependant, sa joie fut de courte durée, en particulier quand Alejandro embrassa tendrement une autre femme. Sa colère fut si ardente, si puissante qu'elle réussit à maudire cette âme damnée. Sa force, son magnétisme et sa détermination percutèrent les deux tourtereaux. Malheureusement, la femme mourut sous la haine de la créature et périt.

Condamné à errer sur les océans aussi vides que le néant, Alejandro se repentit de sa trahison et de ses mensonges, mais il était trop tard. Calypso, au cœur brisé, à l'esprit déchaîné, essaya de retrouver l'amour. Toutefois, les Dieux furent si irrités par son désir de vengeance qu'ils la punirent à leur tour. Cette dernière, à la beauté époustouflante et à la douceur d'un enfant, fut aussi condamnée. Elle dut vivre à tout jamais sur cette île qu'elle détestait avec un vide en son cœur. Personne ne pourrait la combler ou même l'aider.

Aujourd'hui, la légende raconte qu'elle serait encore vivante, mais sur un seul côté d'Hawaï. Le côté le plus dangereux où rôdent plusieurs animaux exotiques. D'ailleurs, un homme passa sa vie à étudier notre terre et la légende de Calypso. Il en créa même un poème pour les amateurs de Contes & légendes.

Quelle était l'apparence de Calypso ?

À la queue dorée et aux cheveux châtains, elle envoûtait n'importe quel être humain d'un regard, d'un chuchotement, d'un baiser. Évidemment, la jeune sirène...

En pleine lecture, je fus perturbée par une personne frappant à la porte. Soupirant face à cette intrusion, je criai un « oui » et celle-ci entra, intimidée par ma voix.

— Excusez-moi, je cherche la chambre trois cent trente-huit, me dit un homme d'une trentaine d'années vêtu d'un simple tee-shirt blanc et d'un jeans troué. Je n'ai pas l'habitude de prendre le ferry, c'est une première pour moi. Je me sens un peu perdu...

Je levai les yeux au ciel et lui montrai du doigt, depuis l'entrée de la pièce, le fond du couloir vers la droite. Il suffisait juste de lire les chiffres sur nos portes, bon sang. Pourquoi les personnes ne prenaient-elles pas le temps d'analyser correctement l'environnement dans lequel elles se trouvaient ? Toutefois, son physique ne me laissa pas indifférente. Ce bel inconnu possédait les mêmes traits de visage que Johnny Depp, en plus jeune évidemment. Il était à croquer, cependant, je fis l'impasse sur cet aspect pour garder une distance entre nous.

— Ah oui, merci... Pardonnez-moi du dérangement. En fait, je m'appelle...

— Non, non, non. Je n'ai pas besoin de votre nom ni de vos excuses, je suis occupée. Bonne journée, le coupai-je d'un ton froid.

Je savais très bien que je paraissais difficile en traitant les hommes de cette manière, mais quiconque interrompait ma lecture subissait ma colère ! Je me pressai de retourner dans mon lit, puis repris donc avec appétit ce que racontait le livre. Le poème était à la page suivante, accompagné d'une belle illustration représentant Calypso en larmes, assise sur un rocher. Le thème me paraissait sombre, triste. L'image en elle-même reflétait des couleurs froides comme le bleu, le vert, le gris. Le visage de la jeune sirène était dépité, à croire que l'artiste l'avait vu en temps réel pour exprimer toute sa tristesse. Les nuages sombres envahissaient le ciel sur cette illustration. Quant à Calypso, les cheveux posés sur ses épaules, elle pleurait toutes les larmes de son corps.

Je la touchai du doigt, admirant sa beauté, et m'extasiai devant ses traits, en rêvant d'avoir des cheveux aussi beaux, soyeux, tout comme des lèvres aussi pulpeuses. Bien qu'elle soit attristée sur cette image, sa beauté rayonnait toujours autant.

Calypso désirait être réellement aimée et ne pas suivre le chemin des sirènes habituelles, soit dangereuses, chasseuses et sans-cœur. D'ailleurs, l'un des auteurs les plus connus au monde écrivit un poème sur sa situation, sur la malédiction de Calypso. Le voici :

Sur une île,
Elle était belle,
À la recherche de son idylle.

Jusqu'au jour où elle le trouva,
Au loin sur un bateau,
Alors l'amour se créa,
Elle n'avait jamais rien vu d'aussi beau.

Calypso coincée sur cette terre,
Attendit son retour,
Perdue dans les mers.

Mais trahison il y eut,
Maudit est-il,
Comme elle le voulut.
Condamné à errer dans l'océan,
Aussi vide que le néant.

Un amour aussi destructeur,
Ne peut que briser.
Pourtant aussi douce qu'une fleur,
Calypso fut piégée.

Impressionnée par l'originalité de cette auteure, Brindtmay, je notai le nom dans les mémos sur mon téléphone portable et repris plusieurs fois ses phrases. Elles m'intriguaient, m'ensorcelaient par leurs simples rimes. Je me sentais si lourde en pensant à cette créature et à son sort, si étourdie, émoustillée, mais à la fois triste. Un écrit ne m'avait pas mise dans un état aussi embarrassant. Je clôturai ma lecture et pensai longuement au sort que les Dieux lui avaient infligé. Cela me semblait injuste et illogique. Pourquoi la femme serait-elle en tort ? Calypso lui avait rendu la monnaie de sa pièce en l'obligeant à errer dans ces océans ! Je ne supportais pas l'infidélité des hommes ni leurs mensonges… Je m'identifiais tellement bien à cette jeune sirène, car sans mentir, j'aurais eu exactement la même réaction : la colère. Évidemment, je ne comprenais pas pourquoi celle-ci l'avait tuée, toutefois, sa haine irréversible envers Alejandro était compréhensible. Sans savoir pourquoi, je ressentais une drôle de sensation s'installer dans mon cœur, comme si j'étais reliée à cette histoire. Des picotements m'envahirent, me traversèrent le corps, puis se concentrèrent au cœur. Angoissée, je refoulais cette sensation pour me diriger vers la salle de bain. Je refusais d'écouter mon intuition ou simplement mes sens, car les sens peuvent vous tromper sans crier gare.

Sous la douche, mon agacement ne me quitta pas une seconde, qui au contraire, s'intensifia. La légende me trottait dans l'esprit. Elle me paraissait trop loufoque, trop injuste pour être réelle. Heureusement, l'eau chaude me faisait un bien fou, me calmait, néanmoins, je n'en oubliais pas mon ressenti. Bon Dieu, pourquoi étais-je dans tous mes états ?

Chapitre 2

Calypso

Assise au soleil sur le sable brûlant, je sentis ma peau s'enflammer. Cette peau qui n'était plus que poussières d'or. La poussière, tel en avait été le sort des Dieux à mon égard quand ils décidèrent de me transformer en cendres, préférant me bloquer sur cette île que de me laisser ma liberté. Je haïssais ces lieux plus que tout, car le seul homme que je pus aimer avait posé l'œil sur moi juste pour cet amas de terre au centre de l'océan…

Voulait-il la contrôler ? En être le chef et y ramener des milliers d'hommes ? Je n'en savais rien, mais c'était ce que je croyais, car je n'avais pas quitté une seule fois cet endroit. Mes rêves de voyage avaient avorté avant même d'exister, parce que tout m'interdisait d'abandonner Hawaï, fragile écrin d'un trésor inestimable aux yeux des hommes : une nature d'une beauté à couper le souffle, une biodiversité exceptionnelle, impressionnante oasis de paix au cœur d'un océan dompté par les pirates ou parcouru par des aventuriers impétueux. Un paradis sur Terre, un enfer portant dès lors que je fus maudite.

Alors que je repensais au passé, mes doigts s'enfoncèrent dans le sable, repliés. Un vieux réflexe qui me possédait depuis notre rupture. Cette technique me permettait de calmer mes pulsions, d'y voir plus clair. J'inspirai et expirai dans le but de me calmer. Cela ne rimait à rien de s'énerver. Alejandro aussi devait certainement souffrir.

Nous avions été châtiés ensemble par des forces qui nous surpassaient. Mon physique avait changé au fil des siècles. Femme au cœur pur et à la peau douce, les Dieux m'avaient enlevé toute beauté ! En plus de n'être que poussières, mes doigts formaient des griffes si pointues que je pouvais m'en servir comme une arme.

Même mon regard n'était plus le même. La lueur dans mes yeux, envoûtante, soumettait quiconque osait pénétrer ces lieux, placés sous mon contrôle depuis une éternité. Et que dire de ma chevelure ? Devenue aussi solide qu'un fouet, elle ne ressemblait plus guère qu'à un amas de lianes entremêlées, loin, bien loin de la crinière soyeuse et brillante qui glissait autrefois entre mes doigts.

Depuis ce malheur, je méprisais mon corps. Au fil du temps, la colère grandissait en mon cœur, me contrôlait mon esprit, possédait mes sens. Je la sentais me consumer. La haine, si présente, si ardente, enveloppait mon âme et m'empêchait de vivre. Je ne pouvais raisonner sans imaginer la mort de cet homme.

Je priai pourtant les Dieux afin d'assouvir ce désir de vengeance, mais rien n'y fit. Je me disais parfois qu'un jour viendrait où nous aurions un face à face, Alejandro et moi, où nous réglerions nos comptes, où la bataille finale aurait enfin lieu. Celle qui représentait notre envie la plus chère, la vengeance.

En observant l'horizon, j'intensifiais ma tristesse et ma souffrance envers la vie que je subissais ici-bas. J'aurais tant aimé mourir en apprenant la vérité. Alejandro ne m'avait jamais aimée comme je l'avais fait. Ma naïveté et mon innocence furent mes plus grosses faiblesses.

Il me manipula, moi, mes sentiments, mon corps, pour arriver à ses fins. Je revoyais son sourire lorsque nous étions à deux, entendais une nouvelle fois ses compliments aussi beaux que les mélodies des sirènes. Et nos baisers échangés chaque soir réchauffant mon cœur étaient incomparables à l'amour que ressentaient de simples hommes…

Juste à y réfléchir, je sentis l'amertume et la colère monter en moi. Je frappai du poing contre le sable, mais ma main se décomposa l'histoire d'une seconde. Saletés de cendres dorées, maudit amour damné.

Fulminante, je me vis haïr chaque être vivant et le dédaignai, lui, par-dessus tout. Les animaux aux alentours fuirent dans la forêt, apeurés par mon comportement. Je me permis alors une chose que je souhaitais depuis toujours : je hurlai. Je hurlai à en perdre la voix, à en arracher les parois de ma gorge.

Pourquoi étais-je donc tombée amoureuse d'un imposteur ? Pourquoi devais-je ainsi subir ce châtiment ?

En criant, j'ouvris chacune de mes blessures passées et ravivai une douleur indescriptible. Aussi trompeuses que la rose, mes propres épines s'attachèrent aux mauvais souvenirs, aux émotions et aux sentiments abjects. Je maudissais ce monde et ses habitants ainsi que cette loi d'attraction qui me foudroyait.

Tout cela à cause de lui, de cette pourriture !

Fuis. Fuis Alejandro. Oh oui, continue à suivre cette boucle du temps dans laquelle je t'ai emprisonné. Toi et ton équipage que je pris tant de plaisir à torturer. Peu importe ce qu'il t'arrive : si tu t'échappes, je te retrouverai et te ferai à nouveau mon prisonnier.

Chapitre 3

Joséphine

Après avoir installé toutes mes affaires à leur place, je décidai de m'octroyer une petite pause-café au restaurant à l'étage du dessus. Levée de bonne humeur, cette journée s'annonçait prometteuse.

Mon portefeuille sous les bras, je quittai ma chambre en prenant soin de la fermer à clef. Le calme régnait dans les couloirs, car tout le monde s'amusait dans la piscine ou bronzait au soleil.

Alors que je m'avançais, prête à profiter de cette croisière, je croisai de nouveau, par pur hasard, cet inconnu incapable de lire les chiffres sur les portes. Je levai les yeux au ciel, exaspérée, puis me dirigeai vers les ascenseurs.

Je passai à côté de lui, la tête haute et sans dire un mot. Je sentis toutefois son regard me suivre et scruter chaque détail de ma peau nue. Je fis mine de l'ignorer et appuyai sur le bouton doré pour que l'ascenseur descende.

C'était la première fois que je partais seule en vacances et je me sentais étonnamment bien. Sans parents ni amis, je devais me débrouiller et prouver à mon père que j'étais capable de voyager sans l'aide de quiconque. Il craignait pour ma sécurité : les femmes, ces derniers-temps, subissaient souvent des humiliations en rue ou des agressions sexuelles. Ces faits inquiétaient de plus en plus mes proches, pourtant j'étais en sécurité sur ce bateau.

Quand l'ascenseur fut disponible, je rentrai à l'intérieur, mais fus stoppée dans mon élan par ce même homme, cet imbécile, qui m'adressa un grand sourire en montant avec moi. L'agacement bouillonnait au fond de moi. Ce n'était pas possible de retomber sur lui alors que ce gars m'exaspérait.

— Rebonjour ! J'espère que vous avez su vous installer tranquillement. Il y a une petite fête pour les vingt ans de l'agence, dit-il, excité.

Mon doigt pressa le bouton numéro 1 et les portes se refermèrent derrière notre passage. Je tentais de garder bonne figure devant ce dernier, sans pour autant paraître irrespectueuse. J'avais quelques difficultés à contrôler mes émotions. Ce ferry, soi-disant de luxe, était côtoyé par énormément d'hommes.

Heureusement que mes amies avaient investi dans le prix de mon aventure, parce que le montant était exorbitant ! Je ne désirais que ça pour mon anniversaire et chacune d'elles m'avait offert une cinquantaine d'euros. Un budget serré, mais rien ne pouvait m'arrêter. C'était un rêve, un rêve de retourner à Hawaï. Pendant des années, j'avais économisé pour cette croisière. La fierté me gonflait la poitrine à l'idée de raconter chaque pépite de cette aventure à ma petite bande.

Perdue dans mes pensées, j'entendais les explications de ce même homme qui ne cessait de blablater. Je finis donc par le stopper dans son élan.

— Une fête ? Je m'en moque, j'ai besoin d'un café. Rien de plus, répondis-je d'un ton froid.

L'ambiance tendue, amplifiée par le manque d'air dans cette boîte, m'oppressait. J'avais toujours eu le don de mettre mal à l'aise mon entourage par ma présence. Je me détestais souvent pour ce défaut qui m'empêchait de profiter pleinement d'amies et qui, en plus, repoussait les personnes que j'aimais. C'était à croire que j'étais maudite. Je me reliais souvent à l'histoire de Calypso quand je découvrais qu'elle se comportait aussi de manière désagréable. Je m'imaginais parfois avec une queue de sirène qui m'offrirait la chance de nager parmi les poissons. J'adorais l'océan, l'eau, le monde sous-marin. À croire qu'il n'y avait pas de hasard non plus pour cette histoire.

— Je peux vous accompagner ? Je suis venu seul et je n'ai pas envie de passer la soirée dans mon coin… fit-il, un peu gêné.

Sa voix, si aiguë, ou douce, pour un homme, m'irritait. J'étais bien consciente de mon agressivité envers les hommes, mais je ne pouvais rien y changer. Du moins, je ne voulais pas bouger le petit doigt pour arranger ce détail de ma personnalité. J'avais été brisée dans le passé et je ne voulais pas guérir, je ne voulais pas avancer, car au final, ils se ressemblaient tous. Le sexe, le sexe et encore le sexe. C'était leur seule préoccupation. Ma première relation amoureuse avait été un vrai fiasco. Mon ex petit ami me forçait à avoir des rapports, car selon lui, j'étais présente, en vie, pour satisfaire ses besoins. Et si par malheur, je lui refusais le sexe, il se soulageait seul. À cette époque, je culpabilisais à l'idée de me le mettre à dos. À cette époque, j'étais jeune et naïve, et surtout, je le laissais dire ce qu'il souhaitait. Évidemment, j'avais eu d'autres rencontres, néanmoins, aucun d'eux ne m'avait convaincue. À chaque fois, c'était une histoire de pénis à tout va.

Tandis que je m'impatientais, l'estomac vide criant famine, je revins à mes esprits pour répondre :

— Je n'ai pas le temps.

Sur ce, je le coupai et l'ascenseur s'ouvrit. Je ne pris pas la peine d'écouter sa réponse et m'empressai de rejoindre le premier restaurant que je croisai. Ce fut le *Smoothbar*. Décoration classique, sièges en cuir marron craquelé et odeur empestant la cigarette, j'optai pour cet endroit, certaine que l'autre type ne me suivrait pas. Je m'assis rapidement au fond de la pièce, là où la pénombre régnait. Les néons rouges accrochés au mur dans mon dos m'illuminaient légèrement.

Cela faisait seulement quelques secondes que j'étais assise et un serveur se dirigeait déjà dans ma direction. Ça ne rigolait pas ici, il fallait vite faire son choix.

— Bonjour, madame, avez-vous…

— Non, je n'ai même pas la carte, répondis-je en observant la table.

D'une mine désastreuse, il grimaça et me tourna le dos. Je priai pour qu'on arrive vite sur l'île. Je souhaitais sentir le sable chaud couvrir mes pieds, le vent tropical effleurer ma peau, tout comme les vagues envelopper mon corps. Une odeur de vacances, de repos. J'en ressentais le besoin.

Le serveur, levé du mauvais pied, grommelait pendant qu'il cherchait une carte. Pourquoi devais-je toujours rencontrer des personnes désagréables ? C'était souvent pour ma poire…

Soudain, mon téléphone vibra plusieurs fois, ce qui me laissa croire à un appel. Le mot « Elsa » s'afficha sur l'écran. C'était ma meilleure amie d'enfance. Nous n'avions jamais perdu le contact entre nous et cela, depuis une vingtaine d'années. Même si j'adorais sa manière d'être, son côté féministe à cent pour cent, comme dirait la société, son côté *warrior*, Elsa avait le don de m'agacer avec ses nombreuses relations. Je ramassais chaque fois les pots cassés, et en même temps, sa souffrance sur mes épaules. Pourtant, je lui répétais sans cesse qu'elle allait trop vite avec les hommes, qu'elle désirait toujours avoir l'anneau au doigt. Cependant, elle ne m'écoutait pas. Non. Elle fonçait, tête baissée, et quand elle réalisait qu'il ressemblait à ses ex-petits-amis, elle le quittait, le cœur serré. Cela me faisait mal aussi de la voir dans cet état, malheureusement, c'était sa vie et je n'avais rien à dire. Mais bon, toutes les mauvaises expériences appartenaient au passé. Il valait mieux regarder vers l'avenir. De plus, ma meilleure amie me manquait depuis quelque temps.

— Allô ? fis-je, heureuse de lui reparler.

— Salut, ma belle ! Alors, comment vas-tu ? Ta mère m'a dit que tu partais pour Hawaï, mais je n'ai pas reçu le message avant la semaine passée. Tu sais, avec mes parents, je n'ai pas eu une seconde pour moi depuis trois mois… Mais tu aurais dû me prévenir, je t'aurais accompagnée !

— Pardonne-moi, j'avais besoin de solitude et de souffler surtout.

— Tu m'étonnes… Être avocate demande beaucoup de temps, se plaignit-elle d'un ton sarcastique.

Je pouffai de rire en comprenant très bien où elle voulait en venir. Elsa détestait autant le droit que l'économie. Lors de nos études, nous nous étions à plusieurs reprises disputées. Ses multiples rencontres lui avaient donné du fil à retordre. Évidemment, celle-ci ne m'avait jamais écouté quand je la conseillais, que ce soit pour ses amis ou ses copains.

J'étais une fille très studieuse qui prenait soin de tout faire en temps et en heure, Elsa était mon opposée. Alors qu'elle préparait tout la veille, elle se retrouvait parfois à sécher les cours pour étudier. L'université avait dégradé notre relation, car à chaque fois qu'elle me proposait de sortir, je déclinais poliment l'invitation pour étudier… Par chance, celle-ci changea de faculté pour enfin trouver sa voie.

Elle quitta la médecine pour les langues. Depuis ces accidents, soit nos disputes et mes absences, elle n'appréciait pas trop que je me prive de temps libre pour mon métier. Cette dernière redoutait de me perdre à cause de la quantité de travail qui m'obligeait à me pousser au-delà de mes capacités. Évidemment, je faisais beaucoup d'efforts pour sortir, me balader, me vider l'esprit, mais ce n'était pas assez à ses yeux. Néanmoins, je laissais tout ça derrière moi. Il me semblait important d'aller de l'avant, sans toujours ressasser le passé.

Alors que je discutais tranquillement au téléphone, un serveur revint avec la carte. Il me parut plus grand que le précédent et, soudain, je réalisais que c'était encore cet abruti du couloir qui s'incrustait à ma table. Stupéfaite, je dus laisser Elsa et lui promis de la rappeler au soir. Quel culot, oui ! Je pensais que le ton employé quelques minutes plus tôt avait suffi à le faire fuir… Malheureusement, non.

— Ne vous énervez pas ! J'ai ramené la carte et je paye votre boisson, en espérant que vous n'ayez pas encore commandé !

À voir l'expression de mon visage, il eut un mouvement de recul. J'inspirai et expirai calmement, car au fond, je n'accepterais pas de gâcher mon voyage pour ce type. Peut-être que si je buvais un verre avec lui, il me laisserait tranquille par la suite. Je pris donc sur moi et fis signe au serveur.

— Je vous préviens, quand j'aurai fini mon café, je retourne dans ma chambre, lui dis-je rapidement.

Lorsque tout fut mis au clair, je commandai mon café, tandis que le serveur se pressait de l'écrire sur son calepin.

— Pas de souci ! Je m'appelle Itzel et vous ?

L'obscurité ambiante n'aidait pas à me faire une idée de ce voisin collant. Je me penchai légèrement en avant pour mieux le distinguer. Comme obéissant à mon esprit, un filet de lumière se faufila jusqu'à nous, juste assez pour illuminer le visage d'Itzel. À cet instant, je restai figée, obnubilée, attrapée, piégée dans le bleu de ses yeux. À vrai dire, ils n'étaient même pas complètement bleus, oscillant vers le gris, minéral et métallique à la fois. Mon silence, et certainement aussi l'expression de mon visage, finirent par le faire rire de bon cœur. Quelle situation gênante… Le rouge me monta aux joues, mais le serveur me sauva la mise, deux *Irish Coffees* dans les mains.

— Voici l'addition, précisa la personne, en la plaçant au centre de la table.

Itzel s'en empara pour la dissimuler dans sa poche. Je ne comprenais pas comment un regard pouvait tant me perturber. Je ne remarquais ça que dans les romances à l'eau de rose ou les films hollywoodiens. Je ne croyais pas non plus à l'amour fou, ou au coup de foudre.

— Quand vous aurez fini de me fixer d'une telle manière, aurais-je le droit de connaître votre prénom ? dit-il, avant de boire une gorgée de son café.

Je sortis de mes rêveries et baissai la tête. Je ne devrais pas me laisser intimider par cet homme. Hors de question de baisser les armes.

— Je m'appelle Joséphine, répondis-je, sans rajouter quoi que ce soit de plus.

— Hé bien, c'est un bon début, je pense. Que faites-vous dans la vie ?

Je roulai des yeux, puis soupirai. Est-ce que notre conversation allait vraiment prendre cette tournure ? Celle de deux riches coincés qui, pour se draguer, parlent de travail ? Bon sang, j'étais venue pour oublier mon boulot, et voilà qu'il y faisait référence… Je restai concentrée sur ma boisson, jouant avec la paille dans le verre.

— Comptez-vous me parler de cette manière tout au long de notre… rencontre ?

Ma voix fut plus sèche que je ne m'y attendais, mais à force de sarcasmes, je le piquai et parvins à garder la partie entre les mains.

— De cette manière ? me demanda Itzel, perplexe.

Sourcils froncés, il me regarda d'un air ahuri, comme s'il n'avait pas compris ma remarque.

— Ce n'est pas possible… Vous êtes coincé ? Oh non, je sais, vous devez certainement être un homme très riche qui ne prend jamais de plaisir et qui reste sans arrêt sérieux. Elle doit être ennuyante votre vie, non ?

Mes lèvres trahirent un sourire, qui me sembla l'irriter. Je compris dans la lueur de son regard qu'il aimait autant la compétition que moi. J'adorais ce jeu, celui où l'un cherchait l'autre. C'était tellement plus excitant, plus amusant.

Je le fixai, le regardai intensément. J'étais la première à jouer dans ce genre de situation, mais par-dessus tout, j'aimais gagner.

— Très bien, mais je ne te connais toujours pas assez pour discuter avec toi comme avec une amie.

— Oh, tu as enfin l'audace de me tutoyer, génial ! Ce soir, je suis dans ton lit ! criai-je d'un air moqueur en levant les mains en l'air.

Itzel s'esclaffa à son tour.

— Dans mon lit ? Tu serais donc une fille facile ? Dommage, je n'aime pas trop ça.

— Facile ? Moi, une fille facile ? Depuis quand une femme est dite facile si elle veut baiser avec qui elle le souhaite ? Tu perds un point. D'ailleurs, tu ne connais pas le genre de fille que je suis !

Je n'en revenais pas. Comment pouvait-il me juger aussi rapidement ? J'étais tout, sauf facile. Au contraire, sur mes vingt-cinq ans d'existence, je n'avais eu qu'un seul petit ami sérieux et quelques liaisons amoureuses de trois semaines.

— Oh, si. Tu es le style de fille à avoir une carapace, une armure et qui passe son temps à rabaisser les autres pour se protéger de toute souffrance. Tu t'amuses à parler mal à ton entourage, à tous les rejeter et tu essayes de leur prouver que tu es une femme indépendante, heureuse, alors qu'au fond, tout ce que tu désires, c'est qu'on t'apporte un peu d'attention, d'amour et qu'on cesse de t'ignorer. En fait, tu es comme toutes les filles, tu te compliques la vie et tu retournes chaque situation à ton avantage, murmura-t-il, les yeux dans le vide. Ces filles-là, je les méprise, car elles ne réalisent jamais la chance qu'elles ont et elles se prennent la plupart du temps pour les plus malheureuses au monde... N'est-ce pas, Joséphine ? Tu es comme elles. Pessimiste, râleuse, emmerdeuse et surtout en manque d'amour. Tu n'as pas confiance en toi, ça se voit. Donc, si, je te connais très bien.

Je déglutis et finis mon verre. Je sentais les larmes me monter aux yeux. Son discours m'avait touchée en plein cœur, m'avait retourné l'esprit. Comment son analyse avait pu coller parfaitement à mon âme ?

Je fus brusquement prise de violentes nausées, amplifiées par la boule qui se formait au creux de mon ventre. Je quittai le café afin d'être le plus loin possible de cet homme. La première idée qui me vint à l'esprit fut de rejoindre ma chambre, seul endroit auquel il n'avait pas accès. Je zappai alors l'ascenseur pour prendre les escaliers, oubliant toute forme de politesse, tandis je bousculais des passagers. Ce fut de trop, ce commentaire, cette pique qui percuta mon cœur si violemment. J'en déversai mon amertume dans les toilettes. En repensant à chacun de ses mots, je me revoyais dans mes situations passées : celle d'une lycéenne harcelée et rejetée pour ses formes, celle d'une étudiante universitaire perdue dans la masse, celle d'une adulte ignorée des hommes et, surtout, celle d'une femme isolée du monde. Même si j'aimais me dire indépendante, forte, il restait toujours une partie en moi faible, triste, désolée que je ne pouvais refouler.

Itzel, drôle de nom, de personnalité, de personne qui avait découvert ma nature en à peine quelques minutes. Était-il psychologue ? Psychanalyste ? J'en doutais. Lui qui semblait timide, était en fait très confiant. Je ne pensais pas qu'il pouvait m'atteindre de cette manière avec autant de force. Dans la douleur, je me relevai du sol et rinçai ma bouche. Mon estomac était encore noué, tandis que mes pleurs intensifiaient mes maux. Je pestai des jurons sur ce sale type qui réveillait mes blessures. Sur l'instant présent, je le haïssais pour ses paroles et ses mots. Putain.

Qu'est-ce qui m'avait pris d'accepter cette compétition stupide ? Et puis, pourquoi avait-il été aussi loin ? Itzel aurait dû se douter qu'il me toucherait. Et il avait dû m'analyser pour sortir un tel discours. Je me disais bien qu'il m'observait trop intensément pour qu'il n'y ait aucune raison.

Mille questions fusèrent dans mon esprit, mais je les stoppai hâtivement. Il était déjà onze heures du matin, je n'avais pas mangé et pourtant, tout ce que je désirais, c'était de m'enfoncer dans le lit et tout oublier le temps d'une bonne petite sieste. Plus jamais, au grand jamais, je ne voulais le rencontrer à nouveau et lui reparler. Itzel. Homme charmeur, mais homme briseur de cœur. Bon sang, quelle conne j'étais…

Chapitre 4

Je me réveillai brusquement, le front et le dos en sueur. La respiration haletante, je sortis enfin d'un cauchemar catastrophique entre mon ex et moi : lui me pourchassait et tentait de me tuer à l'aide d'un couteau, un sourire malsain plaqué sur son visage ; moi, perdue, mon être empli de son rire machiavélique lorsque je me retrouvai coincée dans une ruelle à cul-de-sac. Malgré cet étrange rêve, jamais mon ex-petit ami n'aurait osé lever la main sur moi. La faute à mon esprit occupé, sans doute. Et puis, la journée d'hier avait passé à une vitesse folle. Entre cette compétition avec Itzel, ma bousculade avec une nunuche dans la piscine et les jurons du serveur, je n'avais pas été gâtée !

Le cœur battant de mille feux, j'allumai la lampe et cherchai ma bouteille d'eau. La lumière m'aveugla et éveilla mon mal de tête qui me prit violemment à cause de mes pleurs. Je m'étais endormie si vite que j'avais oublié de rappeler Elsa. La soirée n'avait pas été très jolie, bien au contraire. Mon moral était au plus bas, tout comme mon envie d'amusement.

Alors que je me relevai dans l'espoir de boire une goutte d'eau tranquillement, j'aperçus une lettre en face de la porte, qui avait certainement été glissée. Je plissai les yeux et compris que seul Itzel avait pu la déposer à cet endroit. Personne d'autre ne me connaissait sur ce bateau. Qu'attendait-il de moi ? Je n'avais plus rien à lui dire, ni à lui ni à cette image qu'il m'avait collée sur le front. L'idée d'arracher la lettre me vint à l'esprit. Toutefois, peut-être s'excusait-il pour son comportement.

Irritée, ma colère fut stoppée rapidement par mon mal de tête. J'aurais dû mettre dans ma valise des antidouleurs. Je n'avais plus qu'à patienter, espérer qu'il s'apaise et disparaisse, en priant pour qu'au matin, tout cela soit oublié. Je vérifiai l'heure sur mon téléphone avant de ramasser ce morceau de papier.

Il n'était qu'une heure du matin et j'avais reçu plus de cinq appels de la part d'Elsa. Je sentais déjà ses reproches s'abattre sur moi quand je la recontacterai. Je mis mon mobile à charger sur la table de nuit et m'emparai de la lettre.

Elle était signée Itzel, qui l'eut cru ? D'ailleurs, je ne comprenais même pas pourquoi il avait pris la peine de l'écrire. Je ne comptais quand même plus le revoir ni lui pardonner ses paroles. Nous n'étions que deux inconnus et il n'avait pas à me juger de cette manière. Ses mots avaient été si blessants à mon égard. Traînant des pieds, je regagnai mon lit, m'y laissai lourdement tomber et lus d'une traite :

Joséphine, pardonne-moi pour ma maladresse. Je n'ai jamais été très doux avec les femmes et je pensais pouvoir contrôler ma colère ce soir-là. Il faut dire que tu me donnes du fil à retordre. J'ai essayé d'être gentil, de faire ta connaissance, car je trouvais cela triste que tu sois seule tout au long du voyage. Disons aussi que je ne désirais pas passer ma soirée isolée dans ma chambre... J'ai été trop loin, je le sais bien... Je t'ai jugé trop rapidement. J'ai cette mauvaise manie d'analyser les personnes qui m'entourent et de les stéréotyper. Est-ce que tu penses qu'il serait possible de se voir demain matin afin que

je puisse me faire pardonner ? Je te donne rendez-vous à
dix heures devant le même café. À demain,
      Itzel

Je ne savais pas si je devais en rire ou en pleurer, si je devais m'énerver ou être soulagée. Je ne réussissais pas à percevoir de remords dans sa lettre. J'avais l'impression qu'il s'en était senti obligé et qu'il avait juste envie de s'amuser. Je la relus une fois, puis deux, trois de plus. Non. Itzel profitait simplement de ma sensibilité.

Je laissai tomber, puis déchirai sa lettre. Soudain, j'eus une idée stupide. Tandis que je tenais les morceaux de papier dans la main, je décidai d'aller les poser juste devant sa porte. À mes yeux, il était hors de question que je me pointe à son rendez-vous comme si rien ne s'était passé. Je repensai à ses paroles... Fille facile, fille facile, fille facile. Je n'en étais pas une. J'avais un caractère bien trempé. Maman me le répétait souvent.

En ouvrant la porte, je pris soin de ne faire aucun bruit. À pas de loup, je m'accroupis au pied de la sienne et fis glisser les morceaux de papier en dessous. Il n'y avait personne dans le couloir et il régnait un silence de mort. Je me demandais si tout le monde dormait à cette heure-ci, ou même si Itzel était dans sa chambre, car j'entendais un bruit de musique lointain, certainement à l'étage du dessus dans la salle d'accueil. Ce dernier m'avait parlé d'une fête, il devait peut-être y être. Cependant, ma question trouva très vite sa réponse. La porte s'ouvrit alors que j'étais encore accroupie et affairée à passer les bouts de papier. Je n'osai lever le regard et sentis mes joues brûler. Je ne pouvais pas m'empêcher de rougir face à un homme. C'était insupportable.

— Je peux t'aider ? demanda Itzel en rigolant.

Je me mordillai les joues et soupirai.

— Va te faire voir, je ne viendrai pas à ton rendez-vous, répondis-je sèchement.

Sur ce, je me relevai, exténuée, et me pressai de rejoindre mon lit. Cependant, il me retint par le bras. J'avais horreur de ça, horreur de ces situations intimidantes pour une femme. Bordel, j'étais en nuisette avec une gueule de déterrée. J'étais donc tout sauf présentable. Quelle idée minable avais-je eue en tête.

— Je suis vraiment désolé, Joséphine. Je te l'ai dit, non, je te l'ai écrit plutôt. Je ne sais pas y faire avec les femmes, répéta-t-il, d'un air sincère.

Je me retournai et plongeai mon regard dans le sien. Ses yeux étaient aussi rougis que les miens. En même temps, quand on se levait à une heure du matin, on n'avait pas d'autres choix que d'être crevé, exténué, bien fatigué. Néanmoins, je pensais plus aux sanglots qu'à la fatigue en plongeant mon regard dans le sien.

— Qu'est-ce que j'en ai à faire, Itzel ? C'est ton problème, pas le mien !

Je me défis de cette emprise et allai me cacher dans ma chambre. Je refermai à clef derrière moi et soufflai, satisfaite de ma réponse. Pourquoi avait-il pleuré ? Nous ne nous connaissions même pas. Il devait s'attacher rapidement aux personnes, pour se morfondre à la moindre querelle. Bien qu'agacée, je ne pus refouler la pitié que je ressentais à son égard. Lui aussi était venu seul, sans amis ni famille. Nous étions dans la même situation.

Couchée sous ma couette, je fermai les yeux et adoucis mes émotions. Le souffle saccadé, je me forçai à l'apaiser. La nuit allait être longue, très longue. Et puis, je redoutais plus que tout le petit déjeuner, car j'allais le croiser, le revoir. C'était étrange… Je ne le connaissais pas, nous nous étions vus seulement deux fois et j'étais toute retournée par son comportement. Aussi énervée qu'émerveillée, parce qu'en plus de manquer de bol, je tombais toujours sur des hommes à croquer.

Morte, vide d'énergie, je sombrai dans un monde merveilleux, dans un sommeil profond après plusieurs minutes. Une grosse journée m'attendait.

Chapitre 5

Calypso

Dans un silence pesant, j'observai la nature qui m'encerclait, m'étourdissait, incapable de rester concentrée sur un point, sur une pensée. Tout semblait chamboulé, à croire qu'une créature approchait. Ces changements étranges atteignaient mes sens. Le vent plus violent, les vagues déchaînées, que se passait-il donc ? Ce n'était pas normal que je sois dans cet état, ou que la nature réagisse autant. Une personne arrivait sur cette île, une personne très puissante. Tout mon être oscillait entre la peur et la joie, tandis que j'espérais rencontrer enfin un être à ma hauteur. Une sirène nageait dans ces eaux, marchait sur cette île, car contrairement à ce que les hommes pensent, nous pouvions toutes posséder deux jambes, deux pieds, simplement quand nous étions complètement sèches et, bien sûr, conscientes de notre nature.

Malgré les vagues mouvementées, je plongeai dans l'eau tiède de la mer et rejoignis la vie sous-marine, seule capable de m'apaiser. La tranquillité et la douceur de l'océan atténuaient la haine ancrée en mon cœur. J'étais chez moi dans cet océan. Et puis, je pouvais enfin dévoiler ma véritable apparence dans l'eau. Les Dieux m'avaient épargnée en ce qui concernait ma queue de poisson, mon corps de sirène. Sur Terre, je n'étais que poussières d'or, mais une fois dans la mer, toute ma beauté et mon apparence reprenaient vie. Peut-être croiserais-je cette créature ? Ou peut-être pas. Cela dépendait de son emplacement sur Hawaï.

Je croisai énormément de poissons colorés qui s'éloignèrent à mon passage. Je grimaçai, déçue de moi-même. Je les effrayais par ma simple présence, alors que ces eaux étaient calmes. Mon énergie, mon aura devait être si sombre, repoussante qu'ils s'écartaient. L'ambiance était apaisante, et très agréable dans l'eau. La vie sous-marine me convenait mieux que la terre ferme, depuis toujours, emplie de douceur, de merveilles à découvrir. Les coraux coloraient le sable blanc, tout comme les poissons animaient l'océan. C'était une explosion de couleurs qui faisait battre les restes de mon cœur. Cette couverture multicolore s'élançait sur des mètres et des mètres, sans s'arrêter. C'était l'un des plus beaux trésors sur cette île. Tandis que ces harengs fuyaient, apeurés par mon apparence, je me couchai sur un rocher pour y fermer les yeux et écouter ce son mélodieux qu'est le chant des baleines. Tout autour de moi, les cétacés ondulaient en suivant les courants, dans un ballet aquatique remarquable. Un coup de queue pour dévier, de nageoire pour accélérer. Je m'étais aventurée suffisamment profondément sous l'océan afin de profiter de ce spectacle. Elles nageaient ensemble, soudées comme jamais. J'admirais ces créatures, grandes, incroyables et qui, malgré leur physique, dévoilaient une mélodie sans pareil.

Quand ces dernières disparurent au loin, je sortis de l'eau, puis allai m'allonger sur le sable, sous le soleil. Ma peau brillait, tout comme ma queue dorée. Je soulevai la main pour la regarder : fine et squelettique. Je me dégoûtais, moi, mon corps, mon être tout entier. Comment avais-je pu perdre tout ce que j'avais pour un homme ? La beauté de la nature, ce trésor à chérir, pour un humain si stupide ? À cause d'Alejandro, jamais je ne pourrais nager une nouvelle fois aux côtés des baleines, des dauphins, de mes amis sous-marins. Je les terrifiais bien trop pour cela… Alejandro avait tout gâché en un seul baiser.

Je le tuerai et surtout, je tuerai quiconque se placera sur mon chemin. Piégé dans la boucle du temps, ce pirate ne fera pas long feu. Je réveillerai les terreurs de l'océan, les monstres les plus immondes. Je naviguerai à mon tour jusqu'à lui, en créant les vagues les plus puissantes que nous n'ayons jamais vues. J'amènerai chacun de ses ennemis à lui pour que je puisse enfin détenir ma vengeance.

Oui. Oui, Alejandro. Un jour, je prendrai à mon tour la mer en espérant te rejoindre et te faire enfin payer tes erreurs.

J'attendais seulement le moment idéal pour partir à la conquête de son équipage maudit. Cependant, mon aura ne détenait plus la même énergie qu'auparavant. Une présence sur cette île modifiait mon équilibre énergétique, et je devais savoir à tout prix qui était-ce. Ma force s'affaiblissait quelque peu, sans pour autant me rendre complètement faible.

Les vibrations d'Hawaï avaient changé du tout au tout. Elles n'étaient plus similaires à celles d'hier. Plus elles s'approchaient de l'île, plus l'énergie se modifiait. Mais peu m'importait. Si un humain découvrait mon existence, je lui trancherais la gorge, ou l'obligerais à se soumettre à mes ordres. De toute manière, les hommes ne remarquaient pas ma présence. Les Dieux avaient fait en sorte que je ne sois qu'une boule de lumière à leurs yeux. Seule une femme pourrait se tenir face à moi, ou alors, un objet devait se situer entre moi et l'homme.

Soudain, j'entendis le souffle d'un animal derrière moi. Je me retournai brusquement et aperçus un énorme serpent. Ces sales bêtes… Ils me hantaient dans les rêves et m'effrayaient. L'un d'eux avait réussi à me toucher avant que les Dieux ne me punissent et, depuis, j'en étais terrorisée. Je pris en vitesse un bâton de bois et le lui lançai violemment.

— Va-t'en ! criai-je d'une voix forte.

En vain, celui-ci resta devant moi et siffla en se rapprochant de ma position. Je me levai et reculai en direction de l'eau. J'espérais au plus profond de moi qu'il ne supportait pas l'eau et qu'il retournerait d'où il venait. Mon cœur, vide d'amour, battit la chamade. Jusqu'au moment où je lui lançai une pierre lourde qui tomba par hasard sur sa queue.

— C'est bien fait ! dis-je, fière de moi.

Les animaux me regardaient tous, interloqués, les yeux globuleux. Gênée qu'on puisse me voir apeurée par un reptile, je leur hurlai de partir et de fuir loin avant que je ne les tue. Je vivais seule depuis bientôt des siècles, tel avait été mon châtiment et je n'avais plus aucune notion de convivialité.

Je désirais plus que tout une compagnie, qu'elle soit animale ou humaine, mais je savais, au fond, que je finirais par l'assassiner. Tout m'irritait. De plus, je portais malheur aux êtres qui m'approchaient. Je finissais toujours par les tuer de mes propres mains.

Je baissai la tête et versai une larme, puis deux, et sanglotai seule sur le sable. Le vent doux effleura ma peau de cendres. La haine me rongeait, consumait mon esprit et me noyait dans mon propre désarroi. Je refusais de l'accepter, mais j'étais perdue, perdue dans un tourment de sentiments. Isolée de tous, je rejoignis le petit habitat qui me permettait de dormir protégée de la pluie ou du vent violent. J'étais fatiguée, comme chaque seconde, chaque minute, chaque heure de cette misérable vie.

J'avais plus de cinq cents ans et ma punition m'infligeait de rester éveillée. Mon sommeil n'était pas réparateur. Il ne me permettait qu'une chose ; retrouver l'amour, la joie, le rêve que tout cela ne soit pas réel. Je vivais dans la souffrance et la douleur de l'absence. J'avais mal, mal d'être loin de tous.

Oui, je ferais tout pour changer ma vie et pour me libérer de ce sort. J'étais certaine de devoir accomplir une mission : celle de tuer une bonne fois pour toutes Alejandro et tout son équipage d'un seul coup.

Mon amour, mon âme damnée, entends ma détresse et ma colère, car dans peu de temps, nous serons de nouveau réunis.

Chapitre 6

Joséphine

Ce fut l'estomac vide que je me rendis à une cafétéria pour prendre le petit déjeuner. J'avais une faim de loup après cette nuit épouvantable. De plus, la chambre renfermait une chaleur oppressante et une odeur désagréable. Je ne savais pas si c'était normal, car je n'avais rien dans mes bagages qui ne puisse sentir aussi mauvais. Peut-être était-ce la toilette dans la salle de bain ? Dans tous les cas, je ne m'étais pas levée du bon pied.

D'un pas nonchalant, je m'assis sur un siège en cuir craquelé. Il émit en bruit à l'instant même où je m'installais. Le serveur ne tarda pas à venir pour que je commande un cappuccino. La décoration était très vintage et l'ambiance sympathique. Je balayai la pièce d'un regard afin d'observer chaque détail autour de moi. Accrochés aux murs colorés d'un rouge penchant vers le brun, les tableaux représentaient Marilyn Monroe. Les verres sur l'étagère du bar avaient une drôle de forme. Bien qu'il soit spécial, ce restaurant avait vraiment son propre style. Tandis que je continuais mon inspection, je fus interrompue par le serveur qui apporta ma tasse. Je le payai tout de suite afin de ne pas perdre de temps. J'étais encore dans les vapes, exténuée par la veille. J'avais besoin de café pour me réveiller au plus vite. C'était un petit rituel depuis mon adolescence. Tant que je n'avais pas bu mon café, je ne pouvais travailler ni réfléchir posée. J'avais une gueule de bois comme on disait si bien.

Une fois seule, je jouai avec la cuillère, puis réfléchis. De toute façon, le cappuccino était trop chaud pour que je puisse le boire. J'inspirai et expirai calmement. Je me demandais bien pourquoi Itzel était si différent. Il avait un caractère excessif et imprévisible. Un jour, il semblait gentil, serviable, et l'autre, haineux et arrogant. Son humeur changeante en devenait agaçante, toutefois, je ne rechignais pas à le regarder. Son physique était à tomber.

Soudain, tandis que je buvais avec plaisir mon café, mon téléphone vibra. Je vis le nom d'Elsa s'afficher. Elle allait me passer un savon. Si cette dernière découvrait la vérité sur mon absence, j'étais cuite ! Je n'hésitais pas une seconde pour décrocher. Si elle patientait trop, j'étais une femme morte.

— Allô ? Joséphine ?

— Bonjour… lui répondis-je d'une voix pâteuse.

— Bon Dieu, pourquoi tu ne m'as pas répondu hier soir ?! Je me suis fait un sang d'encre pour toi !

J'eus un rictus, nerveuse et angoissée. Que comptait-elle me dire encore une fois ? Que j'étais une femme sans cervelle et folle de ne plus donner de nouvelles ?

— J'étais vraiment crevée…

Alors que je parlais dans mes dents, je terminai mon café et quittai la cafétéria sans un mot. Il y avait très peu de personnes réveillées à cette heure-ci. En même temps, l'horloge affichait huit heures du matin. Je décidai donc de me rendre à l'arrière du ferry pour observer l'horizon, l'océan sous le soleil.

— Pffff… Disons cela alors. Qu'est-ce que tu fais ? Je t'entends de plus en plus mal, se plaignit cette dernière.

— Je me rends à l'extérieur. La chaleur est trop lourde dans le hall. Et là, c'est mieux ? dis-je en bougeant sur la terrasse.

— Oui ! Je t'ai appelée hier, car il s'est passé quelque chose. Ta mère est tombée dans l'escalier dans la soirée. Tout va bien, ne t'inquiète pas… Elle est juste à l'hôpital pour être sûre qu'il n'y ait rien de grave. Elle devrait sortir aujourd'hui fin d'après-midi.

Sa nouvelle eut l'effet d'un choc pour moi. Je partais pour me reposer, pour profiter et voilà que ma mère se blessait. Mon moral en prenait un coup de plus. Pourvu qu'elle aille bien, qu'elle n'ait rien de grave.

— Comment ? répondis-je de manière trop agressive à mon goût.

— D'après le docteur, elle manque de vitamines et elle s'est éveillée sans allumer la lampe. Tu connais la suite. Qui descend les escaliers dans la pénombre… C'est bien trop dangereux !

Un silence s'installa entre nous. Je ne prononçai plus un mot et baissai la tête. L'océan était apaisé, sans vague mouvementée et le soleil promettait une journée agréable. Cette ambiance calmait mes nerfs.

Je commençai à culpabiliser d'être partie jusqu'à Hawaï alors que ma mère souffrait. Je remerciai Elsa de m'avoir prévenue et lui promis de l'appeler plus tard. Je n'étais plus d'humeur à bavarder de tout et de rien. Itzel m'avait fait pleurer et, maintenant, c'était ma mère. Bordel, cette fin de croisière paraissait chaotique.

Peut-être pourrais-je faire demi-tour dès mon arrivée sur place ?

Il devait certainement y avoir un bateau qui repartirait vers la France pour que je puisse retrouver mes parents, ou je pouvais très bien prendre l'avion en direction de la Belgique sans faire le détour par la France.

Prise d'un doute, je m'appuyai sur les barreaux et lâchai prise. Mes larmes coulèrent toutes seules et me privèrent de mon bonheur. Je ne réussissais plus à encaisser, à prendre sur moi. Toute l'année, le stress, la nervosité prenaient part de mon corps, de mon esprit. Je courrais partout pour résoudre les affaires. Je réfléchissais sans arrêt, car il ne fallait oublier personne. Et maintenant que ma pause commençait, je souhaitais rentrer.

Depuis des années, je rêvais de ce voyage et voilà que je me voyais déjà l'annuler. Je tentai par tous les moyens de me calmer, en me concentrant sur ma respiration, ou en pensant à des événements plus joyeux. En vain, rien ne fut efficace. Elles continuèrent de perler sur mes joues, humidifiant mon visage et mes lèvres. Je ne les contrôlais plus. La tristesse était trop ardente. Cela ne servait à rien de tout retenir en soi, à part aggraver ma situation et ma santé mentale.

Après plusieurs minutes de pleurs, je finis par retrouver une respiration rythmée. Inspire. Expire. Inspire. Expire. Les secondes défilaient, quand enfin le calme s'imposa en moi. Bien que ce ne soit pas l'idéal, pleurer m'avait fait du bien.

Je frottai mes larmes grâce au bas de mon tee-shirt rougeâtre, alors que j'avalais avec difficulté ma salive tout en reprenant une respiration normale. Le silence rompu par le bruit des vagues, je pris plaisir à écouter ce son. J'entendis soudain les pas d'une personne dans mon dos. Je me retournai et vis Itzel, aussi dépité que moi.

— Laisse-moi ! lui criai-je en colère.

— Le bateau ne t'est pas réservé. Je vais où je veux, quand je veux, répondit-il, d'un ton froid.

Je plissai les yeux et le fixai en examinant son état. Il avait le teint blanc, les yeux rougis avec d'énormes cernes et les poils de ses bras hérissés. Je supposai qu'il avait froid, car ce dernier frissonnait au premier coup de vent. Je ne saisissais pas pourquoi il semblait tant touché par mon indifférence.

— Tu ferais mieux de rentrer si tu as froid. Le beau temps n'arrive qu'aux alentours de midi dans ce type de croisière.

Itzel eut un rire glauque et se posa à mes côtés.

— Est-ce que tu lances toujours des piques aux personnes ? demanda-t-il, curieux.

— Pardon ? répondis-je, choquée.

Je le toisai. Non, je n'en revenais pas qu'il puisse continuer ses remarques désobligeantes.

— Tu sais bien… Dès qu'on se rencontre, tu ne peux pas t'empêcher de me faire un petit reproche. Sans te mentir, ça devient agaçant.

— Ce qui est agaçant, c'est de voir à quel point tu me colles ! On ne se connaît pas, alors arrête de me suivre partout.

Itzel soupira et se frotta le visage comme s'il avait passé, lui aussi, une mauvaise nuit.

— Je ne cherche pas à te suivre, bon sang ! Je me sens juste mal par rapport à hier. J'ai dit des mots que je ne pensais même pas, mais tu restes butée et tu continues sur ton chemin de fille colérique.

— C'est peut-être parce que je le suis de nature, dis-je d'un ton neutre.

Il ne répondit pas tout de suite et laissa un temps de silence entre nous. Je sentis un certain malaise prendre place. Autant était-il maladroit, autant devrais-je aussi travailler sur mon comportement.

— Comme tu veux et, puisque ma présence te dérange tant, je te laisse à tes occupations. Au revoir.

Avant qu'il ne s'éclipse, je le retins par le poignet. Il avait raison sur certains points comme tort à la fois, cependant, peut-être saurait-il m'aider à me faire oublier mes soucis ?

— D'accord, je suis désolée. Tu es content ? réussis-je à prononcer avec difficulté.

Itzel revint sur ses pas, souriant de toutes ses dents et me prit quelques secondes dans ses bras.

— Évidemment ! Viens, on va aller manger un croissant. Je meurs de faim.

Tantôt en colère, tantôt de bonne humeur, je fronçai les sourcils et me tus. Je ne voulais pas cracher mon venin une énième fois comme à mon habitude. Alors, je souris à mon tour et le suivis. Même si j'avais bu un café, je n'étais jamais contre une bonne viennoiserie ! J'espérais au plus profond de moi que sa présence m'aiderait à faire face aux problèmes de la vie réelle. Il me ferait oublier le temps d'un instant la Belgique, la famille et tout le blabla.

Et puis, je me sentais toute retournée à l'idée de dévoiler qui j'étais réellement. Je n'avais pas pour habitude de décrire ma vie personnelle, mon travail, ma famille, mes amis. Néanmoins, Itzel sourit tout en lançant quelques blagues sur le chemin. Il me vola un sourire, puis un rire et une bonne ambiance s'installa entre nous. Grâce à lui, je l'espère, et à sa compagnie, sa joie, la croisière jusqu'à Hawaï pouvait enfin commencer. Qui sait, peut-être que ce voyage s'annonçait être l'une des plus mémorables que j'allais vivre.

Chapitre 7

— Parle-moi un peu de toi, demanda Itzel au moment du petit déjeuner.

La bouche pleine, j'attendis d'avaler la nourriture avant de lui répondre. J'étais toujours impressionnée par ces personnes capables d'oublier les disputes d'une seconde à l'autre, trop rancunière pour réussir un tel exploit. Je garderai en tête pendant un long moment ses paroles. C'était au-delà de mes capacités.

— Mmmh… Je suis enfant unique, et j'ai fait des études en droit pour devenir avocate. Que veux-tu savoir sur ma vie ?

Itzel me regarda intensément et pencha légèrement la tête sur la droite. Je me perdis dans le bleu de ses yeux, aussi silencieuse que lui à cet instant. Il réfléchissait, mais à quoi ?

— Un peu tout… Tes amis, ta famille, ce que tu aimes !

Je ris de bon cœur en avisant les grimaces sur son visage pendant qu'il parlait. Il avait encore l'âme d'un enfant. Cet homme dégageait cependant un tel charisme qu'il m'intriguait. Ses expressions de jeune garçon contrastaient avec une aura masculine, virile même, particulièrement développée. C'en devenait troublant. L'ensemble le rendait énigmatique. Un brin d'espièglerie, un regard assuré, un sourire séducteur, quelle femme ne succomberait pas ?

— Et bien, ma meilleure amie s'appelle Elsa. Et je n'ai comme famille que mes parents… J'ai toujours été seule. J'aime lire, en particulier sur les événements paranormaux et les légendes. Je suis une personne qui change très vite d'humeur et ça, je l'assume. Mmmh… Je ne pense pas avoir oublié quelque chose, hein ?

Bien sûr que si, je ne désirais pas tout dévoiler de ma personnalité. Certaines choses devaient rester intimes, qu'importe depuis quand nous nous connaissions.

— Un petit ami ? dit-il avec curiosité.

Mes joues s'enflammèrent. À chaque fois, cette interrogation me gênait. J'en devenais toute timide et me repliais dans ma coquille. Après l'échec de mon premier amour, j'évitais comme la peste cette fameuse question, peu désireuse d'étaler ma vie sentimentale. Depuis cette rupture, je me sentais coupable d'avoir été aussi pathétique. Mon ancien petit ami s'amusait à me juger physiquement, à parfois me contrôler ou me manipuler. Échec total, et surtout, répercussions sur mon mental.

— Personne. Je n'ai eu qu'un amour pour l'instant et cela m'a suffi.

Je restai brève sur le sujet, car ma vie intime ne regardait que moi.

— Ne sois pas confuse, je ne vais pas te manger, tu sais. C'est une question comme une autre !

Ses yeux, son regard m'interpellaient. Ce bleu si intense m'intriguait avec violence. Je ne réalisais toujours pas cette profondeur dans son regard. C'était hypnotisant.

— Et toi, tu ne m'as encore rien raconté sur ta personne, fis-je en réclamant des réponses.

— D'accord… J'aime les animaux, c'est une passion depuis mon enfance. J'adore faire du bénévolat. D'ailleurs, j'ai déjà travaillé gratuitement dans plusieurs associations pour donner un coup de main. Aussi, nettoyer la plage pour sauver les tortues ne me dérange pas. Je désire vraiment aider ces petites bêtes inoffensives et réparer nos erreurs. Je me sens vraiment touché par l'extinction des animaux… Quant à ma famille, j'ai deux frères et une sœur. Ma mère a toujours fait des préférences quand il s'agissait d'eux ou de moi. J'ai toujours été le fils spécial, sans diplôme, donc sans avenir. Je pense que ça m'a touché à vie.

Sur ces mots, il fixa le vide et patienta. Attendait-il une réaction de ma part ? Que je le réconforte ? Je ne pouvais comprendre cette situation de différence entre frères et sœurs, car moi-même je ne la vivais pas. Je relançai la conversation pour qu'il puisse continuer son récit. Je ne le pensais pas comme ça : un homme sensible face aux souffrances des autres. Il me semblait si dur, si *bad boy*, telles les romances clichées. J'aurais presque cru rencontrer un Christian Grey s'il portait plus souvent des costards.

— Tu devrais essayer l'université pour devenir vétérinaire. Si tu aimes tant les animaux, tu peux y arriver. Il suffit juste de…

— D'étudier ? Ce n'est pas mon truc. Je n'ai jamais réussi mes études, car je déteste la manière dont les cours se donnent. Les notes ne veulent rien dire sur l'intelligence de la personne. Malheureusement, ça, le commun des mortels ne le comprend pas. Je préfère pratiquer que de rester derrière un banc à écouter leurs conneries. Pas toi ?

Je fus stupéfaite par sa réponse et prise au dépourvu. Je cherchai rapidement dans mon esprit ce que je pouvais bien lui dire. En tant qu'avocate, je n'avais fait que ça. Assise derrière un bureau à écouter les personnes, puis prendre leur défense.

— C'est un peu mon métier, Itzel. Écouter les problèmes des citoyens puis prendre leur défense face à un juge.

— Ah oui. Pardonne-moi alors… Bref, en plus de faire du bénévolat, je travaillais en tant que caissier dans un magasin de parfum, mais j'ai démissionné à cause du personnel qui m'en faisait baver. Un peu pathétique contrairement à toi, non ? J'ai galéré pour faire cette croisière, sans mes économies, ma mère et mes amis, cela n'aurait pas été possible…

Son ton était sarcastique. Je n'appréciais pas cette ironie, cependant, j'évitai de me laisser emporter. En prenant du recul, je pouvais facilement comprendre sa réaction. Je venais d'une famille riche et j'avais le métier de mes rêves, tandis que lui était tout mon opposé.

— Ne dis pas de bêtise. Je serais incapable de faire ça ! Chacun a ses capacités. Qu'est-ce que tu aimes faire à part du bénévolat ?

Pendant qu'il cherchait ses mots, je dégustai mon pain au chocolat. Cela faisait si longtemps que je n'en avais plus mangé !

— J'aime chanter et jouer de la guitare. Je fais souvent de la plongée aussi pour nager aux côtés des poissons, mais ce n'est rien comparé à mes frères…

J'eus de la peine pour lui. Il ne cessait de se comparer à sa famille, ses compétences aux leurs, alors que cela accentuait sa douleur. Même si mon vécu ne me permettait pas de le comprendre comme je le souhaitais, sa sensibilité me touchait. Je le trouvais attendrissant, mais surtout courageux de parvenir à se livrer de la sorte.

— Tu m'apprendras à faire de la plongée à Hawaï ? J'en ai toujours rêvé ! dis-je, pétillante.

Itzel esquissa enfin un sourire qui me réchauffa le cœur. Je n'avais jamais nagé dans l'océan, encore moins dans ses profondeurs ! Mes parents trouvaient cela trop dangereux et m'interdisaient d'aller trop loin dans la mer lorsque nous étions à la plage. Ils avaient toujours été très protecteurs envers moi, leur unique enfant. Je regrettais souvent d'avoir gâché mon enfance, voire même mon adolescence, car les phobies de mes parents avaient déteint sur moi.

— Si tu le désires vraiment, ce serait avec plaisir ! Tu sais nager, j'espère ?

— Bien sûr, qu'est-ce que tu crois !

Nous rigolâmes à cœur joie et finîmes notre petit déjeuner dans le calme en écoutant les personnes autour de nous bavarder. L'un se plaignait de ses maux de dos, l'autre de son mal de mer. Certains parlaient ouvertement de sexe — ce qui était hilarant —, de leurs amies accros au shopping. C'était hallucinant de voir comment chacun pouvait entamer une discussion à partir de rien. Quand nous payâmes l'addition, Itzel me proposa de flâner dans les petites boutiques. Il s'intéressa à son tour aux légendes d'Hawaï et à ce que l'île pouvait cacher. Amusée, je l'amenai à la première librairie que nous trouvâmes et nous commençâmes nos recherches.

— Dans le pire des cas, j'en ai déjà un gros dans ma chambre ! m'exclamai-je joyeuse.

— Je veux quand même le mien ! râla-t-il, d'un air boudeur.

Nous aurions dit deux enfants à la recherche d'un trésor. Je vérifiai s'il n'y avait rien du côté historique, puis rejoignis Itzel dans la catégorie tourisme.

— Tu trouves ? demandai-je en parcourant les livres du regard.

— Non... répondit-il, déçu.

— Bon… Viens, on va prendre celui que j'ai en attendant. Je ne l'ai même pas terminé et, pour l'instant, je le trouve passionnant !

Je le convainquis de se rendre dans les chambres, car de toute manière, la plupart des voyageurs avaient pris place dans la piscine et sur les transats. Il n'y avait donc rien de disponible. Nous prîmes donc l'ascenseur ensemble, affichant une certaine proximité, loin de nos habitudes. À mesure que nous partagions une partie de notre temps, il me paraissait plus sympathique. Nous avions déjà passé une heure à deux, sans nous en rendre compte.

Je compris très vite que si je mettais de côté mon caractère de chien, notre conversation pouvait s'avérer très captivante et amusante. Je pris donc plaisir à lui présenter mon bouquin et nous le lûmes à notre rythme. Pour la première fois de ma vie, une personne s'intéressait vraiment à moi.

Chapitre 8

Calypso

Les étoiles scintillaient dans le ciel et la lune brillait de toute sa splendeur, inondant la baie d'une douce lueur aux reflets d'argent. Les nuages sombres qui l'encerclaient la mettaient en valeur. Il faisait calme, si calme que seul le bruit de ma respiration se faisait entendre.

Au centre de cette jungle, j'écoutais attentivement ce silence pesant, celui de la nuit. Je n'aimais pas rester éveillée dans la pénombre.

Les ténèbres m'enveloppèrent et me chuchotèrent à l'oreille à quel point j'allais payer, à quel point mon crime était odieux. Ils me promirent qu'un jour, je partirais à leurs côtés, étouffée par ma propre salive et dévorée par des pythons. Le diable viendra me tirer par les pieds pour m'amener dans les tréfonds de l'enfer, coincée entre des ronces venimeuses. Je craignais ce jour comme jamais, car je ne méritais pas ce sort, alors qu'Alejandro si !

« Tu payeras tes péchés, Calypso, tu t'en repentiras et hurleras dans notre antre où ton cri résonnera en écho. »

« Amuse-toi bien ma belle, tu finiras à mes pieds. »

Toutes ces voix murmuraient dans mon esprit le sort qui m'était destiné. Mon esprit torturé, mon corps desséché, rien dans cette vie glacée de solitude ne m'aidait à entrevoir un petit bout d'avenir, si infime fût-il. J'attendais mon heure, impuissante. Je n'arrivais pas à y croire et puis je ne comprenais pas pourquoi tout le monde me punissait alors qu'Alejandro avait, lui aussi, joué de sa propre magie.

Ils m'en voulaient tous, ils me tournaient le dos tandis que je souffrais. J'étais la seule victime de ce jeu malsain. Alejandro, bien qu'il soit emprisonné dans ma boucle du temps, vivait avec son équipage et errait dans l'océan. Il avait de la compagnie, des personnes avec qui discuter. J'avais réalisé son plus grand rêve en l'enfermant dans ce chemin sans retour. Et puis, s'il cherchait bien, il avait un moyen de sortir de ce châtiment. Évidemment, pour cela, il devait connaître la magie sur le bout de ses doigts.

Pendant que moi, mon corps empestait le poisson périmé, se décomposait telle de la poussière, ma chevelure ne ressemblait plus qu'à de multiples algues attachées sur ma tête. J'avais tout perdu ma beauté, ma gentillesse et même ma compagnie, mon seul amour.

Je soupirai et essayai d'ignorer ces chuchotements. Ils hantaient mes nuits et intensifiaient ma douleur le jour. J'en avais assez. J'étais à bout de ce malheur.

Éveillée, je décidai de me lever pour me rendre à la cascade. Seul le bruit de mes pas interrompit le silence nocturne, froissant l'herbe humide. L'eau se jetait dans un lac dont on peinait à distinguer clairement la surface sous les seuls reflets de la lune. Nature magnifique, forte et fragile à la fois, douce et intrépide. N'importe qui s'émerveillerait face à sa beauté. Cependant, je gardais cette partie de l'île pour moi. Je ne désirais pas laisser l'Homme détruire tant de prodiges.

À peine arrivée, le bruit de l'eau qui ruisselait me fit un bien fou. Je repensai à ces années où j'avais encore toute ma jeunesse, où chaque homme cédait sous mon charme, lorsque j'étais une sirène. Ma queue, couverte d'écailles dorées, irradiait de jour comme de nuit, sous les rayons du soleil ou à l'éclat de la lune. Je la récupérais dès que je plongeais entièrement dans l'eau. Aussi me couchai-je sur la rive du lac, observant les merveilles du monde sous-marin et la jungle endormie autour de moi. Les rochers, qui recouvraient le fond, abritaient plusieurs petits poissons de toutes les couleurs. Ils se cachèrent, cause de ma présence. Cependant, cet endroit restait d'une beauté incroyable. Le calme régnait sous ces eaux. Je regardai alors la nuit avec curiosité.

De nombreuses étoiles filantes passèrent sous mes yeux. Malheureusement, faire un vœu dans ma situation était inutile. Paupières closes, je patientai afin de trouver le sommeil. Cet endroit m'apaisait et dissipait ma colère. Oui. J'aimais cette place plus que tout. Après tout, l'eau représentait mon origine, mon chez-moi, ma maison.

Avant que je ne m'endorme, je repassai dans ma tête toutes les lettres que j'avais écrites à Alejandro. Je me demandai s'il les avait gardées, s'il les avait lues, s'il les avait appréciées. L'une d'elles était restée sur l'île, enterrée dans le sable, tant je me sentais honteuse. Je voulus l'envoyer le jour où j'appris sa trahison.

> *Cher Alejandro,*
> *Tu ne peux savoir comme tu me manques, comme ton absence provoque une douleur ardente en mon cœur. La réalité me fait si mal. Je suis brisée, brisée d'être isolée sur cette énorme île, car tu n'es pas là après toutes tes promesses.*
> *J'aimerais te revoir sur cette plage sous le soleil couchant. J'aimerais t'embrasser à nouveau comme au bon vieux temps. J'aimerais te serrer dans mes bras comme si c'était la dernière fois. Alejandro, mon amour, mon bien-aimé, quand reviendras-tu ? Je m'ennuie*

seule ici, sur ces terres pleines de richesses, de trésors. Tu m'avais promis de revenir rapidement, que tu ne serais pas parti trop longtemps. Je t'attends chaque jour sur le sable brûlant, le regard porté sur l'horizon. Tu ne peux savoir l'amour que je ressens pour toi. Tu es un homme si bon, si généreux, si véritable dans ses sentiments. Alejandro, je t'envoie mille orchidées qui sont si précieuses à tes yeux. Tu les trouveras un jour venant à toi grâce aux vagues, tu les trouveras au moment où tu en auras le plus besoin. Ta présence manque sur cette île. Les animaux le ressentent aussi. Sache que je t'aime et que j'attendrai le temps qu'il faut pour te revoir. Je te prépare une surprise pour ton retour, une surprise que tu ne peux imaginer tant elle est grande et improbable.

À bientôt mon amour,
Calypso

J'étais si aveuglée par l'amour, par son charisme que j'en avais oublié mes désirs, mes envies. Je m'étais privée de tant de choses pour lui, privée du bonheur et de la joie. Jamais, ô grand jamais, je ne laisserai à nouveau un homme me posséder de cette manière. Si l'un d'eux essayait de m'avoir dans sa poche, il payerait le prix plein et regretterait ses actes. Moi, Calypso, femme et sirène maudite sur Hawaï, promit malheur à chacun qui s'aventurerait sur mon territoire. Les Dieux m'avaient réservé ce sort, ainsi, je souffrirai du chaos que je provoquerais.

Soudain, alors que tout était paisible sous l'eau, je sentis mon corps se soulever. Mes écailles brillèrent plus intensément. Les poissons s'agitèrent d'un seul coup et s'entremêlèrent, formant alors une queue de sirène. Mes yeux s'écarquillèrent. Oui. Cette inconnue, cette personne, arrivait à grands pas sur Hawaï. Tant d'espèces s'affairaient depuis quelque temps de ce côté-ci. Mes habitudes en étaient perturbées.

Mais qui était-elle ? Que venait-elle faire sur cette île ? Sa venue entraînait en mon cœur une sensation abominable, une sensation de joie intense que je ne supportais pas, que je refusais, que je repoussais le plus possible. Cette joie si pure me répugnait.

Nauséeuse, je remontai à la surface et déversai mon amertume sur la verdure. Je devais me préparer à me battre. Peut-être que poser des objets inutiles et inventer des histoires bidon pourraient l'avancer sur une fausse piste. Je réfléchis encore et encore jusqu'au moment où je réalisais que ma magie semblait assez puissante pour jouer un mauvais tour. Cela ne pouvait pas être un hasard. Son arrivée allait tout changer, en particulier ma vie, mon quotidien.

Bientôt, elle sera là, bientôt nous nous ferons face et bientôt la bataille commencera.

Chapitre 9

Joséphine

Avant que la malédiction ne tombe sur la jeune et belle sirène, Hawaï était une île très agréable. Son bien-aimé, Alejandro, avait construit des temples à l'aide de son équipage pour Calypso, afin de lui prouver son amour brûlant. Ils s'aimaient tellement qu'il voulut lui ramener plus d'or, plus de découvertes. Cependant, Alejandro portait un masque. Tout ce qu'il attendait de cette créature n'était rien d'autre que l'endroit qui dissimulait un énorme trésor, si grand qu'il en devenait inimaginable.

La plupart des pirates n'y croyaient pas et traitaient Alejandro de fou à lier. Ce dernier perdit donc beaucoup d'amis dans son équipage, mais seuls les meilleurs et les plus fidèles restèrent.

Les jours, les semaines et les mois s'écoulèrent sans que Calypso ne parle de ce trésor. Alejandro, irrité par ce manque de confiance, décida de repartir en mer, prétextant une irrésistible envie d'aventures et de découvertes. Il promit donc à sa bien-aimée de lui ramener un bijou d'une valeur inestimable.

La sirène, le cœur lourd et les larmes aux yeux, le laissa et l'observa la quitter à l'horizon. Elle ne murmura qu'un « je t'aime » que le pirate entendit à peine.

Évidemment pendant ce temps, la sirène se promena sur l'île et attendit impatiemment son retour. Chaque soir, elle s'asseyait dans le sable chaud et regardait au loin, dans l'espoir de voir son bateau apparaître. Malheureusement, plus le temps défilait sous ses yeux, plus elle pressentait que son homme ne reviendrait jamais.

Aussi aimable que belle, elle plongea dans l'eau, puis demanda à l'océan de lui montrer Alejandro qui parut dans une bulle, embrassant passionnément une jolie blonde au corps fin.

Brusquement, la jalousie émergea dans le cœur de Calypso, elle fut si forte et ardente qu'elle en devint rouge de colère. Sa queue, aussi rouge que le sang, s'abattit en de violentes vagues. Ce fut à cet instant que Calypso se promit de se venger, de le faire souffrir et surtout, que jamais elle ne se laissera manipuler par un homme, un humain.

Tandis que ce pirate vivait le grand amour avec une autre, la sirène réfléchit longuement sur le sort qu'elle lui infligerait, jusqu'au jour où l'idée fit surface dans son esprit. Calypso, le cœur noirci par l'amertume, rejoignit le port et assassina la jeune femme. Si elle ne pouvait pas avoir le cœur du capitaine, personne ne l'aurait.

La gorge tranchée, elle se vida de son sang et Calypso, l'estomac retourné, plaça un coquillage dans les cheveux de sa victime, signe de son passage. Quand Alejandro découvrit ce qu'avait fait la sirène, il en fut fou de rage, furieux, hors de lui!

Il s'élança vers l'océan avec son équipage en direction d'Hawaï dans le but d'obtenir la vendetta de sa femme. Malheureusement, il ne sut contrôler ses émotions *qui l'aveuglèrent. Dès qu'ils virent l'île, Calypso les emprisonna dans une boucle du temps pour qu'il puisse à jamais voir son âme damnée, heureuse sur la plage, mais en particulier, en vie avec tout ce que renferme Hawaï.*

Pas de chance pour Calypso, car les Dieux n'approuvèrent pas ce qu'elle imposa à Alejandro. Ils punirent donc la jeune sirène en espérant qu'elle comprenne la leçon. Les Dieux lui enlevèrent toute beauté et vie, pour qu'elle ne devienne que poussières d'or afin que quiconque qui la verrait au loin sur son bateau, ne distinguerait qu'une lumière forte et non une jolie femme.

Et comme le pirate et son équipage furent emprisonnés dans cette boucle, Calypso fut dans l'impossibilité de trouver le sommeil et de vivre à jamais avec ce qu'elle avait fait. À cause de la colère, la sirène réalisa qu'elle avait tout perdu, et tout cela, pour l'Homme.

— C'est étrange, non ? me dit Itzel avec un air perplexe.

— Non ! Le livre contient les légendes d'Hawaï et celles sur Calypso se rejoignent toutes. Elle a été trahie. Je comprends parfaitement son choix, déclarai-je en souriant. Toutefois, certains écrits se contredisent sur la réaction et la vérité d'Alejandro. Apparemment, il aurait été contraint d'épouser cette blonde suite à une mutinerie. Ce qui expliquerait pourquoi il aurait simulé une colère folle. Peut-être que les autres pirates voulaient assassiner la sirène. Ainsi, ils prenaient le trésor et s'installaient à vie sur l'île. Cela me semblerait logique… Oh, et as-tu vu aussi la page cent cinquante-trois ? On parle d'une sorte d'alliance offerte par Alejandro. Elle détiendrait un amour véritable !

Itzel leva les yeux au ciel et s'esclaffa. Il prit le livre en main et chercha une seconde histoire à lire. Ce dernier n'appréciait pas les histoires de guimauve ou de licornes. Il préférait de loin ce qui était dramatique.

— Je pense que cette sirène aurait pu faire preuve de compréhension. Qui voudrait aimer une femme à l'odeur de poisson ? Moi je ne pourrais pas ! Et selon les photos au début du bouquin, elle ne semblait pas si belle… Son regard m'effraie, d'ailleurs.

Je pouffai de rire à écouter ses sornettes, des paroles aussi folles les unes que les autres. Et puis, ses yeux ne paraissaient pas si terrifiants, seulement profonds.

— L'odeur de poisson ? Pff, quel prétexte ! C'est Alejandro qui a merdé. Il n'aurait pas dû se servir de l'amour pour obtenir… de l'or. Enfin, tout dépend du point de vue de l'auteure. Si elle est pour Calypso, forcément elle nous semblera plus innocente ! C'est pour cette raison que nos recherches doivent se baser sur plusieurs documents. Sans oublier que les versions d'Alejandro changent sans arrêt. Parfois, il aime la sirène, et dans d'autres romans, il la manipule. Que croire ?

— Un pirate reste un pirate, Joséphine. Nous devrions faire une pause Je ne sais pas toi, mais moi, je meurs de soif. Je t'offre un verre ?

Je ne réfléchis pas et rangeai le livre dans ma valise.

— D'accord ! Mais sache qu'un pirate est dans la plupart des cas, un traître. C'est dommage, car Calypso s'est mise à voir les hommes d'un mauvais œil après cette aventure…

Je réfléchis sur mes mots pour remarquer avoir vécu la même chose. Après mon premier amour, je voyais mal les hommes, je ne les supportais plus. C'était à peine si je leur faisais confiance. Heureusement, Itzel était différent, plus à l'écoute, plus respectueux envers moi, ce qui me permettait de l'aimer entièrement.

— Je vois que, selon tes légendes, elle est toujours en vie, répondit-il d'un air amusé.

Je soupirai et refermai ma porte à clef. Pour une fois, nous décidâmes de prendre les escaliers, au lieu de l'ascenseur.

— Même si ces légendes me passionnent et me divertissent, je doute qu'elle soit encore sur Hawaï. À moins qu'elle ait l'air d'une momie ! Tu imagines ? Des siècles et des siècles à rester éveillée, même la nuit. Je n'aimerais pas voir son état !

— Évidemment que je l'imagine ! Dans quelques semaines, nous serons là-bas. Si ça te dit, nous pouvons visiter l'île. Ce serait bien ça, non ? À la recherche d'une sirène coincée entre la vie et la mort.

Soudain, je m'arrêtai et sa phrase se répéta dans ma tête. Elle était coincée entre la vie et la mort, comme Alejandro était bloqué dans une boucle du temps. Tous deux emprisonnés par leur colère et leur amertume. Il devait certainement y avoir une solution pour régler ce problème, une clef pour ouvrir la porte, un moyen de briser cette malédiction ! J'avais la sensation que cette histoire était plus réelle qu'on ne le croyait. Je le sentais au plus profond de moi. Et puis… Je me souvenais très bien des faits paranormaux qui m'avaient terrifiée, enfant. Mes parents ne m'avaient jamais crue, pourtant, il ne s'agissait pas d'un rêve. Une personne s'était bien assise au pied de mon lit. J'apercevais encore le creux, sous les rayons de la lune. Sans oublier mes objets qui se déplaçaient seuls sur mon bureau, chaque nuit, et cela, pendant des années. Jamais je n'avais eu d'explications, néanmoins, ces apparitions et ces visions restaient gravées dans ma mémoire. Des jours passés sur ce ferry, des sensations me possédaient, elles me pesaient sur le cœur. Je ne les sentais pas auparavant. Plus on s'approchait de notre destination, plus je me sentais étrange.

— Oui, nous pourrions chercher après quelques indices. Sur un site internet, il est précisé que Calypso avait laissé des coquillages et des pistes derrière elle pour qu'Alejandro la retrouve à son retour, dis-je d'un air ahuri. Non, nous ne saurons jamais vérifier si cette légende est vraie. C'est trop... mythique à mes yeux. C'est pour ça que nous aimons tant les légendes, car elles nous font rêver bien qu'elles soient fausses.

— Et c'est la fameuse aventurière qui me dit ça maintenant ? Pff, tu n'aimes pas jouer, se plaignit Itzel en faisant la moue.

Je lui souris, puis ouvris la porte qui menait au hall. Il y avait un monde fou à cette heure-ci. Tout le monde se baignait dans la piscine ou bronzait au soleil. Je les enviais, en particulier quand la chaleur vint m'oppresser. L'atmosphère était lourde et insoutenable. J'avais complètement zappé de prendre mon traitement. Il aurait pu m'aider à éviter ces malaises. Dans quelques minutes, si je ne sortais pas de là, mes angoisses viendraient me saluer.

— Ça va ? me demanda Itzel en fronçant les sourcils.

À voir l'air grave qu'il affichait, ce dernier avait remarqué mes grimaces. Je lui fis signe que tout allait bien et lui proposai de nous rendre dans un endroit frais. Il accepta volontiers et nous partîmes à la recherche d'un bar où les places à l'ombre étaient disponibles. Main dans la main, nous marchions lentement. J'essayais de contrôler mes angoisses, craignant d'empirer mon état actuel. Ma respiration était rythmée et mes pensées ne cessaient de me répéter cette même phrase ; contrôle-toi, bordel. Ce n'est pas le moment de tomber dans les pommes.

Par chance, nous trouvâmes un membre du personnel qui nous présenta plusieurs jacuzzis libres. Je n'étais plus au cœur de la foule, et mon espace personnel ne se sentait plus touché par le nombre de vacanciers. Itzel était vraiment partant pour se baigner à cet endroit tout en profitant de l'occasion pour boire un verre. Cependant, gênée que je fus, je rougis comme une tomate. Il comprit rapidement mon embarras et tenta de trouver un autre café. Il y en avait des dizaines sur cet énorme ferry.

Soudain, tandis que nous marchions en balayant du regard le hall, nous entendîmes des cris dans notre dos. En me retournant, j'aperçus deux hommes se battre violemment et deux femmes se crêper le chignon. L'une d'elles arracha les vêtements de cette inconnue, en rogne. Quant aux bonshommes, ils se frappèrent si fort l'un sur l'autre que la sécurité dut intervenir. Je ne pus m'empêcher de sourire en voyant à quel point ils étaient ridicules, mais surtout, en écoutant leurs cris. Honnête qu'était Itzel, il intervint avec les agents de sécurité pour les aider à les séparer.

— Espèce de connard ! hurla l'une des femmes en rejoignant son homme.

Quant à l'autre couple, ils ne bougèrent pas d'un poil face à mon ami. Au contraire, la demoiselle le fixait, consternée et son copain ne comprenait pas la situation. Je m'avançai vers eux lentement et écoutai ce qu'ils échangeaient. Itzel semblait connaître la jolie rousse sous ses yeux. Une pointe de jalousie s'imposa dans mon cœur.

Voilà… Mes sentiments se créaient donc bien envers cet homme.

— Je peux tout t'expliquer, d'accord ? Je suis simplement venue prendre du bon temps… Je ne pensais pas te croiser ici, expliqua celle-ci.

— Tu devais rester à Londres, je croyais que tu comptais y travailler pour perfectionner ton anglais. Tu aurais au moins pu me prévenir ! Est-ce que nos parents sont au courant ? Ils se font peut-être un sang d'encre ! Et puis, c'est quoi ce spectacle, hein ?! Si maman t'avait vu, elle en serait rouge de colère, répliqua mon ami, agacé, sur un ton autoritaire.

L'homme à ses côtés attendit et me jeta un regard. Il vint à ma rencontre et me raconta qu'il ne saisissait rien à ce qu'il se passait pendant que les deux se hurlaient dessus comme des bêtes.

— Moi non plus… Je ne connais Itzel que depuis deux jours, lui expliquai-je sur un ton ironique.

Celui-ci m'observa, étonné.

— Itzel ?! répondit l'inconnu, surpris.

J'eus un mouvement de recul et confirmai ma réponse.

— Oh, mais c'est son grand frère ! s'exclama-t-il. Et dire qu'elle souhaitait l'éviter…

Je levai les yeux au ciel. Les gestes brusques d'Itzel attiraient le regard de la foule. Je me mis entre les deux, qui criaient comme des malades et amenai ce dernier plus loin. Il bouillonnait de colère face à l'insouciance de sa petite sœur, Alya. Hors de lui, ce dernier se retira et m'expliqua la situation discrètement. Alya ignorait tout de la vie et n'avait que dix-huit ans. D'après ce qu'il déduisait, elle sortait avec un pompier trentenaire et désobéissait aux conseils de leurs parents. Alya aurait dû séjourner à

Londres encore une longue semaine pour accueillir les futurs locataires de l'appartement. De plus, elle venait de terminer ses examens en économie. D'après mon ami, sa sœur avait de grandes capacités, bien plus que lui.

— Je n'en reviens pas... murmura-t-il, inquiet.

Je posai ma main sur son épaule en guise de réconfort. Intérieurement, je riais de cette situation. Jamais je ne l'aurais cru aussi protecteur envers sa famille, lui qui m'avait confié son mal-être.

— Tu ne devrais pas te soucier d'elle. Elle est majeure et responsable.

— Alya est surtout seule sur ce ferry en présence d'un pervers qui n'attend que du sexe de sa part !

Sa voix monta d'un ton, puis il se calma, s'excusant de son agressivité envers moi. Je choisis le premier restaurant que je vis et lui imposai une place au fond pour qu'il puisse s'exprimer et tout me raconter. C'était drôle la manière dont on pouvait se rapprocher d'une personne. Nous nous connaissions depuis à peine deux jours et nous nous comportions comme de vieux amis.

— Elle devra avoir le cœur brisé pour comprendre et apprendre de ses erreurs. Si tu la protèges sans arrêt, elle ne pourra pas se relever ni faire ses propres expériences... lui expliquai-je calmement.

Entre temps, je commandai un mojito pour me rafraîchir et Itzel me suivit dans mon choix. Nous allions débattre sur la situation de sa petite sœur, ce qui me paraissait surréaliste, car je ne le côtoyais pas. J'essayai de calmer mon ami et lui dis qu'une femme était compliquée à comprendre en prenant l'exemple de ma mère. Je ne m'attardais pas sur mon passé, car je voulais vraiment en savoir plus sur lui.

— Désolé pour ta mère… Comme quoi, nous sommes tous les deux en situation critique.

Je souris, timide, et bus une gorgée de ma boisson.

— Tu sais, même si j'ai été triste en sachant qu'elle était à l'hôpital, je suis certaine qu'elle s'en sortira. Elle est forte. C'est une dure à cuire.

Nous continuâmes de discuter sur tous les sujets possibles, aussi ridicules soient-ils. Plus les minutes s'écoulaient, plus l'ambiance s'apaisa. Nous en savions plus sur l'autre. Les commandes de boissons s'enfilaient et je sentis vite l'alcool monter. Je dus donc arrêter après le quatrième verre de mojito. Itzel se moquait de moi, car je rougissais à cause de l'alcool. Je lui donnais une frappe amicale tout en faisant la moue. Les rires suivirent et notre complicité se renforçait. Ce dernier me quitta l'histoire d'une dizaine de minutes pour discuter avec sa sœur. Il ne désirait pas l'avoir au cul comme on disait si bien. C'était son voyage, sa croisière, et puis, nous voulions à tout prix continuer notre petit jeu sur Calypso.

Aux alentours de dix-huit heures, je reçus un appel d'Elsa et fus contrainte de décrocher. Je m'excusai auprès d'Itzel qui partit donc bronzer à son tour au soleil sur l'énorme terrasse.

— Elsa ?

— Enfin, j'ai essayé toute la journée de trouver un moment pour t'appeler ! Comment vas-tu ? J'ai une bonne nouvelle à t'annoncer.

J'oubliai tout ce qui m'entourait et mes pensées se dirigèrent aussitôt vers ma mère.

— Maman se sent mieux ?

— Oh… Oui, mais ce n'est pas de ça dont je voulais te parler. D'ailleurs, ta mère est déjà rentrée chez elle. Le médecin a dit qu'elle se rétablirait très vite. Je t'avais dit que ce n'était pas très grave.

Je soupirai de soulagement. Elle allait bien, c'était le principal pour moi. Un poids en moins sur mes épaules.

— Alors que devais-tu me dire ? dis-je de bonne humeur.

— J'ai un méga job dans la poche. Je vais travailler en tant que professeur au lycée. J'ai signé un contrat à durée indéterminée. Dès septembre, je commence ! J'ai hâte. Oh, et devine qui va venir te rejoindre avec une semaine de retard ? Moooiiii !

Je sautai de joie, mais me calmai quand je vis les personnes autour de moi me détailler. Je sentis le rouge me monter aux joues, puis quittai le café en payant mes verres. D'un pas nonchalant, je me rendis dans ma chambre toujours en appel avec Elsa.

— C'est génial ! J'ai hâte de te voir, qu'on puisse passer notre temps sur la plage au soleil, dis-je en sautillant de joie.

— Je te ramène une surprise aussi, alors prépare bien ton popotin.

— Une surprise ?

— J'ai un ami qui m'accompagne et… il craque sur toi depuis un petit temps !

Mon excitation se dissipa et je ne fus plus aussi joyeuse. Un ami ? Pourquoi ne venait-elle pas seule ? Je dissimulai ma déception et lui demandai son nom.

— Comment s'appelle-t-il ? Tu es folle, Elsa… Imagine que ce ne soit pas mon style, que je ne le supporte pas ou que…

— Yep yep yep, tais-toi, il s'appelle Tom et est architecte. Ne sois pas trop hâtive dans tes décisions et prends le temps de profiter. On a déjà fait rapidement sa connaissance, il y a longtemps.

Un peu irritée par ce qu'elle faisait, je prétextai l'envie de plonger dans la piscine et la remerciai encore une fois de me suivre jusqu'à Hawaï. Je ne supportais pas qu'on puisse me présenter des hommes sans que je ne les connaisse bien, sans que je ne le veuille et ne le désire ! Je me débrouillais très bien seule, Itzel en était la preuve.

Je rentrai dans ma chambre et pris une douche pour me changer les idées. Je rejoindrais Itzel plus tard pour bronzer à ses côtés. Je ne me sentais plus d'humeur.

Je commençai de plus en plus à prendre mes repères et mes habitudes dans cette croisière, c'était très agréable. Maman avait raison. J'étais exactement comme elle à son âge : aventurière, forte tête et surtout sûre de mes décisions. J'étais pressée de revoir Elsa et à la fois inquiète qu'elle puisse découvrir Itzel. C'était égoïste de ma part, cependant, j'étais certaine qu'elle allait nous offrir son petit numéro de séduction, comme à chaque fois qu'elle rencontrait un homme. Dès que ma meilleure amie m'accompagnait, je me sentais nulle et laide, tandis qu'elle rayonnait à mes côtés. C'était stupide, et cela reflétait un manque de confiance en moi. Toutefois, je me sentais plus belle, plus désirée en présence d'Itzel, et j'étais certaine que ça m'aiderait à aimer mon propre corps.

L'eau coulant sur ma peau, je chassai ces mauvaises idées et ces émotions négatives. J'étais ici pour m'amuser et pour décompresser, pas pour me tracasser au moindre changement de programme.

Chapitre 10

Elsa

Je passai à la douane et entrai enfin dans l'avion avec Tom. Joséphine ne semblait pas aussi contente au téléphone de me voir à Hawaï que je ne l'espérais, mais au moins, je pourrais la surprendre à son arrivée. Dans quelques heures, je serai sur le sable chaud à prendre le soleil, tandis qu'en France, il pleuvra des cordes. Je n'en revenais toujours pas. Moi, partir, à Hawaï ! L'excitation au creux de mon ventre, j'entamai la conversation avec mon ami. Nous discutions un peu de nos projets. Il me confia alors ses doutes.

— Tu penses vraiment que cela lui fera plaisir ? me demanda une énième fois Tom, angoissé.

— Oui ! Elle fait parfois sa mauvaise tête, mais quand elle se sera habituée à l'idée de te voir, elle cessera de bouder.

Je dus expliquer encore et encore à mon ami qu'il n'avait pas à se tourmenter l'esprit pour sa venue à mes côtés. Nous étions en vacances et je voulais que nous profitions à fond ! J'avais envie de m'amuser, de me défouler et peut-être même de trouver l'amour.

— Tu me rassures… Je suis tellement excité. Je n'ai jamais été à Hawaï.

— Moi non plus et je suis sûre que nous pourrons aller en soirée, faire des rencontres, dis-je en lui tirant la langue. Bien que je sois dans la vingtaine, je ne me sentais pas adulte. Je gardais un côté enfantin, et c'était ce qui faisait parfois mon charme chez les hommes.

Je pris mes affaires, puis posai mon sac en dessous du siège. Les hôtesses de l'air vinrent nous dire que c'était l'heure de mettre notre ceinture. J'aidais Tom à la clipser, car il ne comprenait pas le système. Nous rîmes ensemble sur ce propos ainsi que sur les hôtesses que ce dernier trouvait très belles.

Tom était un homme assez confiant et séducteur. Il avait un charisme, une élégance et une beauté époustouflante pour son âge. Il aurait pu faire une carrière de mannequin. Cependant, Tom préférait les mathématiques, les sciences et, grâce à sa passion, il avait obtenu son diplôme d'architecte. La plupart des filles tombaient sous son charme, pourtant, il ne s'en rendait pas compte. Je lui disais souvent en rigolant qu'il était aveugle et, en vain, il ne saisissait toujours pas ma blague. Malgré toutes ses qualités, Tom restait un homme dur, obsédé par le sexe. Combien de fois blaguait-il sur ce sujet, croyant que nous ne remarquions rien ? Combien de fois l'avais-je vu en train de mater les fesses de filles en soirée ? Oui, son masque tombait souvent dès qu'il était face aux femmes. Je lui reprochais souvent sa violence excessive, et il me répétait alors qu'il s'en occupait avec l'aide d'un psychologue. Je pensais plutôt qu'il se moquait de ce que je lui disais, car il croyait avoir la science infuse. Pourquoi voir un psy alors que la bonne, celle avec qui je ma marierai saura me calmer ? m'expliquait ce dernier. Mais... quelle femme voudrait d'un homme violent dès qu'il s'énerve ?

Joséphine aimait les personnes intelligentes, rusées, mais aussi celles romantiques, douces, tendres... Je commençais donc à douter de mon choix.

Tom correspondait parfaitement à sa description de l'homme parfait, si on retirait l'aspect colérique. Si elle ne l'appréciait pas au bout d'une semaine, j'abandonnerais tout espoir de la voir mariée un jour.

— Est-ce que Joséphine est partie seule en croisière ? me dit Tom, intéressé.

— Bien sûr. Elle est très indépendante et a un caractère de chien, alors ne te préoccupe pas de sa manière d'être avec toi. Elle est comme ça avec tout le monde ! lui expliquai-je de bonne humeur.

Brusquement, l'avion décolla et nous transporta dans les airs. Tom serra les accoudoirs comme si sa vie en dépendait. Je pouffai de rire et posai mes mains sur les siennes pour le rassurer. Il fit une grimace, puis se décontracta petit à petit.

— D'accord. J'espère qu'elle saura estimer ma compagnie à sa juste valeur. Je ne désire pas l'obliger ou lui imposer quoi que ce soit.

— Rho, toi et ton style de gentleman ! Je te conseille de mettre de côté ton ego, car son premier petit ami n'a pas été très doux avec elle. Depuis cette expérience, elle sent à des kilomètres les hommes comme son ex... Après, ne doute pas trop de toi non plus. Sois naturel ! Après sa première rupture, Joséphine s'est promis de ne plus tomber amoureuse d'un homme violent ou mauvais. J'espère que tu as écouté mes conseils...

— Oui. Je commence à contrôler mes émotions sans être excessif !

Je lui souris, contente qu'il ait enfin fait appel à des professionnels. Il me demanda alors ce qu'il s'était produit avec son ex-petit ami.

— Il l'a trompée avec sa pire ennemie à une soirée. Ce n'était pas de sa faute, car il était bourré, et on ne peut pas en vouloir à cette fille qui ne savait rien de ce gars. Elle l'a quitté dès qu'elle a su que le gars était en couple. Bref, il a fini seul… Depuis, Joséphine n'aime plus passer ses soirées en fête. À moins d'être convaincue.

— Pardonne-moi. Je vais éviter de merder quand je la verrai.

Aussitôt, Tom prit ses écouteurs et son cache-yeux pour dormir. Il était déjà vingt et une heures trente et nous étions tous les deux crevés de la journée. Je fis de même et lui souhaitai une bonne nuit d'un ton ironique. Dormir dans un avion n'était guère confortable pour moi. Je préférais de loin mon lit et mes couvertures rose bonbon.

— Réveille-moi quand ce sera l'heure du déjeuner, murmura Tom en prenant ses aises.

Je lui frappai amicalement le dos. Je ne déjeunais que très peu le matin, suivant un régime depuis quelques semaines. Néanmoins, je sentais que j'allais l'arrêter en découvrant les merveilles de ce voyage.

Comme si j'allais me lever juste pour qu'il ait son pain au chocolat. Tom devait apprendre à se débrouiller un peu seul.

Je me retournai alors, moi aussi, et le laissai dans son coin pour m'endormir. Je manquais de sommeil et je le ressentais au travail. Ce fut les paupières lourdes que je partis dans un autre monde, celui du rêve, celui où tout est possible.

Joséphine, j'ai tellement hâte de te revoir…

Chapitre 11

L'avion atterrit brusquement et émit un bruit sourd. Je sursautai, puis fus rassurée, car nous avions enfin touché le sol. Tous les passagers se pressaient de regarder par le hublot pour admirer l'atterrissage. Notre visage rayonnait de joie ou de soulagement pour certains. Tom et moi nous empressâmes d'en sortir et de respirer l'air frais de cette île quand la porte s'ouvrit. Le soleil recouvrait toute la ville et nous chauffait déjà à seulement neuf heures du matin. Le paysage exotique m'éblouit et m'émerveilla ; il y avait des cocotiers et des fleurs resplendissantes qui nous entouraient et rendaient le décor magnifique. Nous voilà enfin à Hawaï.

Quand nous serpentâmes dans les couloirs de l'aéroport, des femmes habillées typiquement hawaïennes vinrent nous offrir des colliers fleuris rosâtres. Je les remerciai et avançai, pressée, en direction des tapis roulants, dans l'espoir de trouver rapidement mes bagages et ceux de mon ami.

— C'est fou comme on crève de chaud ! remarqua Tom, le front en sueur.

Je lui donnai un coup de coude amical et lui dis :

— Heureusement ! Je ne suis pas venue jusqu'ici pour admirer la pluie.

Tom ignora ma réponse et je le vis s'affairer sur sa valise bleutée. Je cherchai du regard la mienne, mais elle n'était pas encore arrivée. Je soupirai, exaspérée par le temps qu'il fallait attendre et croisai les bras. Mon ami revint vers moi, souriant, puis sortit sa brochure touristique concernant notre endroit de vacances. Il lisait les explications sur divers endroits historiques, tandis que je m'énervais.

— J'ai hâte de me rendre à l'hôtel, la plage juste en face paraît énoooorme ! s'exclama ce dernier en sautillant de joie.

Je ne l'écoutai qu'à moitié et remarquai que la plupart des personnes partaient avec leurs bagages. Où était ma valise ? Je commençais à craindre qu'une personne ne se soit trompée avec la mienne.

— Tom, tu n'aurais pas vu mon bagage passer ? lui demandai-je poliment en faisant le tour du tapis lentement.

Il me suivit et balaya la scène du regard.

— Ce ne serait pas la jaune là-bas, sur l'autre tapis ? répondit-il, perplexe.

Je me hâtai de la récupérer et soufflai de soulagement. Je détestais ces instants d'attente à l'aéroport et voir les personnes s'en aller, ayant tout de suite leurs affaires sauf moi. Cela m'angoissait tellement. C'était même l'une des raisons pour lesquelles je préférais voyager en bus, en voiture ou en bateau, plutôt qu'en avion.

— Maintenant que nous avons tout, dépêchons-nous d'appeler un taxi pour qu'il nous ramène à l'hôtel !

Je m'avançai vers la sortie indiquée par les panneaux.

— Mais... il est à cinq minutes de marche, Elsa, on ne va pas payer le...

— Stop, je t'arrête ! Regarde ma valise et regarde la tienne. Si tu veux, on échange ! lui proposai-je ironiquement.

Tom avait un bagage digne d'un sac à main. Je ne comprenais pas comment les hommes pouvaient autant se limiter en vêtements quand ils partaient. J'en connaissais aussi qui ne s'ennuyaient pas avec plusieurs sacs, ils achetaient sur place ce dont ils avaient besoin. Je ne saisissais pas l'utilité de cette technique, car finalement, ils dépensaient de leur argent inutilement sur place.

Une fois à l'extérieur, il n'y avait plus aucun taxi sauf un seul qui fut bien trop loin pour nous apercevoir.

— Ce n'est pas possible… Comment allons-nous faire ? Cette chose pèse une tonne ! dis-je, en fixant ma malle.

— Pas de panique !

Sur ces mots, Tom mit ses doigts en bouche et siffla si bruyamment que le véhicule arriva jusqu'à nous. Je fis un baiser sur sa joue et me préparai à poser mes affaires dans le coffre que j'ouvris à toute allure. Hors de question de patienter. Comme l'avait vu mon ami, la plage que l'hôtel présentait semblait *génialissime* !

J'aidai Tom à placer son bagage puis nous montâmes dans la voiture. Le *taximan* n'était guère joyeux d'être là, au contraire, il tirait la tronche et restait aussi silencieux qu'un mort. Le trajet se fit donc dans le calme. Nous n'osions pas discuter entre nous, tant la lourdeur de l'ambiance nous plongeait dans une humeur maussade. Gênée, je me tortillai sur la banquette arrière. Tom m'offrit un sourire qui se voulait rassurant, mais il me tardait de descendre du véhicule.

Arrivé à destination, je lui payai la somme qu'il réclama, puis il se mit en route.

L'hôtel où nous allions était l'*Hawaï exotic Hôtel*, le même que celui de Joséphine. Rien qu'à y penser, j'imaginai déjà sa réaction. Elle serait tout d'abord en colère, car Tom était mon accompagnant, puis elle me pardonnerait et tout serait rentré dans l'ordre. D'ailleurs, je me souvenais lors de mon dernier appel, j'avais entendu la voix d'un homme à l'arrière. J'espérais au plus profond de moi qu'elle n'ait fait aucune rencontre particulière. Surtout que je pouvais anticiper chacune de ses réactions. Si elle avait rencontré un homme qui l'intéressait, elle ne m'en parlerait pas tout de suite. Non, elle attendrait que ce soit sûr, sérieux...

Perdue dans mes pensées, je revins à la réalité quand le *taximan* nous pestait des jurons. Juste en face de notre lieu de résidence, je descendis à la hâte. Tom sortit toutes nos affaires et nous allâmes à l'entrée où les réceptionnistes nous accueillirent. De bonne humeur, ils nous montrèrent la chambre que nous partagions juste le temps d'attendre Joséphine. Je déposai tout au seuil de mon lit et remerciai les personnes de l'accueil de nous avoir aidés. Toutes les parois de la pièce étaient parsemées d'une décoration exotique. Les meubles construits en bambou paraissaient bien tenir. Les draps du lit, rosés, possédaient un coton si doux qu'il me serait facile de dormir cette nuit.

— Bon sang, qu'est-ce que ça fait du bien d'être arrivé ! dit Tom en se jetant dans le lit.

Je le poussai et pris place à mon tour. Le matelas était moelleux et agréable.

— Tu l'as dit. Je me demande ce que fait Joséphine en ce moment même...

— Moi aussi, mais d'après ce que j'ai entendu la dernière fois, elle ne semblait pas aussi joyeuse de me voir.

Je levai les yeux au ciel et m'assis normalement sur le lit.

— Ne sois pas si pessimiste. Je te l'ai répété combien de fois déjà ? Tu es son style ! Et puis si elle n'est pas contente, tu trouveras bien une petite Hawaïenne à ramener avec toi...

Tom rougit et se tut. Le calme s'installa dans la pièce et le bruit des vagues le brisa tout en nous transportant ailleurs. Tom me jeta un coup d'œil, moi aussi. En un regard, nous nous comprenions sur ce coup-ci. Nous nous jetâmes sur le balcon où nous aperçûmes la mer. Les vagues agitées émettaient un bruit agréable à écouter. Peu de personnes enveloppaient tout l'espace de la plage pour l'instant. C'était le moment idéal pour foncer.

Sous un soleil frappant, je retirai mes baskets et ma veste. Ma robe légère suffisait amplement pour bronzer sur le sable. Avec mon ami, je partis donc en direction de la mer, qui n'était qu'à quelques pas de notre chambre. Cet endroit était magnifique et regorgeait de beautés naturelles. Les arbres, les fleurs, l'océan ! Mais aussi la culture et les traditions. Comme le *hula* où les mouvements de nos corps, de nos yeux, de nos pieds exprimaient un message bien spécifique.

— Tu viens avec moi dans l'eau ? me questionna Tom en enlevant son tee-shirt.

Ses muscles se contractèrent. Tom était un homme si charmant… mais il craquait sur Joséphine, ma meilleure amie. Je ne voulais pas créer des problèmes entre nous et puis je ne l'intéressais pas. Il me comparait à ces filles superficielles, alors que j'avais la tête sur les épaules. Je portais simplement de l'attention au physique, à l'hygiène de vie.

Néanmoins, j'acceptai volontiers son offre et ôtai donc le dernier bout de tissu qui cachait mon corps. En sous-vêtements, je ne me souciai pas du regard des autres. Nous étions isolés du monde et Tom connaissait très bien ma personnalité.

Nous courûmes, puis plongeâmes dans la mer. L'eau fut fraîche, mais fit un bien fou, car la chaleur était insupportable en plein soleil. Je m'amusai à tirer mon ami par les pieds et, par manque d'oxygène, nous remontâmes à la surface. Je ris aux éclats et pris plaisir à l'éclabousser. Il fit de même par la suite et nous jouâmes ainsi pendant de longues minutes.

— Est-ce que tu sais un peu ce que Joséphine aime ? Je pourrais lui acheter un cadeau de bienvenue avant qu'elle ne soit sur l'île, me dit Tom.

Avant de lui répondre, je nageai jusqu'au moment où j'eus pied pour marcher sur le sable brûlant. Juste derrière moi, Tom insista de nouveau et s'allongea au sol. Je pris place à ses côtés et réfléchis. Joséphine... une femme très difficile dans ses choix et dans ses goûts. Elle me surprenait souvent quand nous allions ensemble au centre commercial.

— Honnêtement, je ne saurais que te dire. Elle est très spéciale, mais depuis qu'on s'est rencontrées, je sais qu'elle adore la dentelle. On pourra aller voir cet après-midi ce que les magasins proposent ?

Il fit un signe de la tête approbatif et ferma les yeux. Je pris une grande respiration et fuis à nouveau dans mon esprit. Je me cassais la tête à faire plaisir à ma meilleure amie, alors j'espérais au plus profond de mon être qu'elle ne râle pas trop. Je n'avais pas fait tout ce chemin pour qu'on se dispute, ou pire, que notre amitié se brise. Je tenais beaucoup à Joséphine et je trouvais cela vraiment stupide que cela éclate pour une histoire de garçons ou d'amour.

Quelques minutes plus tard, je m'allongeai comme Tom et méditai sur le bruit qu'émettaient les vagues. Nous avions une grosse semaine devant nous avant de voir apparaître ma meilleure amie. Une longue semaine pour nous préparer. Je désirais absolument que tout soit parfait, alors dès la nuit passée, j'obligerai Tom à me suivre partout.

Je devais surprendre Joséphine et pour cela, il me fallait énormément de travail et surtout de l'imagination. Elle n'était pas comme les autres filles, oh que non, rebelle et intelligente, je redoutais sans arrêt ses réactions excessives. Ses parents l'avaient prévenue de son comportement changeant, mais elle ne suivait pas leurs conseils. Oui. J'aimais Joséphine pour sa forte tête, car grâce à elle, j'avais pris confiance en moi et ma timidité s'était dissipée. Je lui devais tant de choses… Cependant, depuis peu, elle faisait marche arrière. Plus je la croisais, plus sa confiance diminuait pendant que sa timidité s'accentuait. À présent, c'était à mon tour de l'aider.

Chapitre 12

Joséphine

Du lendemain, je racontai ce qu'avait fait Elsa à Itzel. Maintenant que nous avions eu de longues conversations personnelles, je n'étais plus aussi gênée à l'idée de lui confier certains faits. Je bouillonnais de rage face à l'ampleur de sa décision. Elsa avait amené Tom avec elle et, qui sait, il comptait peut-être tout mettre de son côté pour que je tombe sous le charme. Deux ans plus tôt, je l'avais croisé avec ma meilleure amie et sa personne ne m'intéressait pas. Trop beau, trop intelligent, trop sensible pour moi. Je préférais les hommes différents, des personnes véritables qui ne cachaient pas leurs émotions derrière un corps de rêve.

Vêtue d'une simple jupe crayon rouge et d'un haut blanc, je frissonnai et grelottai lorsque le vent vint m'effleurer. J'avalai avec difficulté ma salive et amenai Itzel dans une bibliothèque mise à disposition des voyageurs. Dans cette pièce abandonnée des personnes pour la piscine extérieure, nous avions l'occasion de discuter de tout et de rien, sans déranger qui que ce soit. Même la bibliothécaire s'absentait pour s'amuser à l'extérieur sur la terrasse.

Intimidée par l'ambiance entre nous, je pris mon téléphone et lui montrai une photo d'Elsa. Jamais je ne m'étais retrouvée seule avec lui, à part une fois, quand nous lisions mon livre. Ce tête-à-tête, même s'il n'avait rien de romantique, me mettait particulièrement mal à l'aise, renforcé par notre proximité. Dès lors, quoi de mieux que de fourrer le nez derrière les dernières technologies à la mode pour l'inviter à se concentrer sur autre chose que moi ?

— C'est ma meilleure amie. Hier, elle m'a appelée. J'ai appris qu'elle ne venait pas seule jusqu'à Hawaï, un garçon l'accompagne, dis-je en murmurant comme si cela devait rester secret.

Itzel vint s'asseoir à ma droite et saisit mon mobile. L'air grave, il fronça les sourcils et grimaça.

— Je ne vois pas en quoi c'est un problème. Elle essaye de te rendre sociable, rit ce dernier. Et puis, peut-être qu'elle craque sur lui ?

Je marmonnai dans mes dents à ce qu'il venait de dire. Il avait le don de toujours s'opposer à ce que je lui racontais. Ce dernier ne comprenait pas toujours mes explications. Cela virait facilement sur un quiproquo.

— Si c'en est un ! Je ne veux pas qu'on m'aide à trouver l'amour, je me débrouille très bien sans elle, pestai-je, irritée par son comportement.

— Ah oui ? Tu as quelqu'un en vue ? me demanda-t-il, curieux.

Mes joues me brûlèrent. Je cachai ma tête à l'aide de mes cheveux et regardai par la fenêtre qui lui était opposée. Je ressemblais à une adolescente, à rougir ainsi face à une question qui pouvait paraître banale, mais mon manque d'expérience ne jouait pas en ma faveur. Non. Seulement, je n'avais pas l'habitude d'étaler ce genre de chose, mais surtout, je détestais ces questions pièges. Elles me mettaient horriblement mal à l'aise. Mes joues en étaient la preuve.

— Ne t'inquiète pas pour ça… C'est fou comme il fait chaud…

J'essayai de dévier le sujet en espérant que cela fonctionne. La chaleur représentait une bonne excuse pendant que je rougissais.

— Viens ! Je sais où aller. En plus à cette heure-ci il n'y a personne, tout le monde joue dehors.

Je lui jetai un coup d'œil, perplexe, et Itzel me conduisit à un endroit que je ne connaissais pas encore sur cet énorme ferry.

— Tu devrais pardonner à Elsa, elle pensait bien faire pour toi, tu sais… m'expliqua-t-il, tout en marchant vite.

Itzel était un homme de grande taille, qui avait donc des longues jambes. Je ne réussissais pas à le suivre sans courir. La scène devait être drôle pour les spectateurs.

— Peut-être, mais je suis fatiguée d'être dans ma coquille. Enfin… Je suis certaine qu'elle a fait ça, car je n'ose plus me lâcher et être moi-même. Ma dernière relation m'a brisée et, depuis, la plupart des hommes me toisent comme si j'étais un monstre.

— Un monstre ? Tu es très jolie. Je pense plutôt qu'ils te ma… qu'ils t'admirent !

Son ton fut trop enthousiaste et joyeux. Personne ne me contemplait comme Elsa. Elle, elle était plus belle, plus féroce, plus mince, tandis que moi, j'étais le boulet qu'on transportait partout pour se mettre en valeur. La société me complexait suite à ses publicités et ses demandes. Les médias promettaient une beauté naturelle à partir du moment où vous étiez minces, grandes, belles.

Injustice. Injustice, car à cause de ces grosses marques, les personnes n'aimaient plus leur corps, ne prenaient plus plaisir à manger. La plupart des femmes entamaient un régime, se plaignaient de leur poids. La plupart des femmes, oui, moi tout compte fait.

— Si tu le dis… Alors, où allons-nous ? dis-je, intriguée.

Face à une porte rouge, Itzel m'expliqua qu'il avait réservé un jacuzzi rien que pour nous. Par chance, les maillots étaient offerts et je devais simplement donner ma taille à l'esthéticienne qui se tenait juste en face. J'eus un mouvement de recul quand j'appris que nous irions ensemble, comme des bons vieux amis. Nous deux, seuls, ensemble, dans une seule pièce, à moitié nus. Je me crispai et devins pâle. Mes rondeurs me complexaient et, pourtant, j'aimais mon corps. Je l'appréciais sauf en vis-à-vis avec un homme. La société nous montrait le corps parfait, un corps bronzé, très fin et musclé, comme si nous avions besoin de cela pour être belles. Et, malheureusement, je me laissais emporter par cette image de femme sans défauts. Depuis mon adolescence, je croyais que pour atteindre ce niveau de beauté, je devais maigrir, encore et encore. Mes parents me ralentirent vite quand ils découvrirent mon objectif. Je dus donc suivre des thérapies pour réapprendre à m'aimer. Malheureusement, dès que j'étais face à un homme, je voulais à tout prix me cacher.

Autant je me sentais à l'aise dans mes vêtements, peu importe que mon dos, mes jambes, mon ventre ou mes bras soient nus, autant je préférais m'éloigner d'Itzel pour qu'il ne voit pas la catastrophe.

J'étais apeurée à l'idée qu'il puisse me juger, moi, mes cicatrices, ce que j'étais. Je donnais souvent l'image d'une femme indépendante et confiante en ce qui concerne son physique. Cependant, au fond, dans ma petite coquille, ma carapace, je ne supportais pas ces poignées d'amour… Bien qu'elles soient petites. Nombreuses furent les fois où j'enviais Elsa pour sa minceur, sa taille de mannequin et sa beauté naturelle. Je me rabaissais souvent, puis je me ressaisissais. À quoi bon haïr son physique, si je devais vivre avec pendant une vie complète ? J'apprenais à l'aimer, lui et ses défauts, mais le chemin était long, trop long.

— Je ne suis pas très à l'aise en maillot… dis-je d'un air attristé.

— Je fermerai les yeux si tu ne veux pas que je te voie, chuchota Itzel à mon oreille avant de rentrer dans sa cabine.

Je le quittai pour entrer dans la mienne et me changer. J'étais tombée en enfer, le maillot était un deux-pièces. Je bronchai, râlai, mais finis par le porter. En m'observant dans la glace, je tentai de rentrer le peu de ventre que j'avais en trop, en vain, cela ne suffisait pas. Quand j'entendis mon ami crier mon nom, je rangeai mes affaires dans le coffre et le rejoignis.

La porte ouverte, côté jacuzzi, je fus stupéfaite. La pièce nous plongeait dans une ambiance rougeâtre grâce aux néons colorés. Le bruit de l'eau dégageait une certaine douceur entre ces quatre murs. Je balayai la scène et remarquai qu'elle était simple, sans décoration réfléchie. Le jacuzzi au centre, des bancs blancs collés au mur et nos cabines sur le côté. Voilà de quoi la salle se constituait. J'aperçus au bord du jacuzzi deux petits verres fins. Comme promis, Itzel ne jeta pas un seul regard sur mon corps, il se mit dans l'eau et observa ma réaction. Je me baignai à mon tour, l'eau était tiède et à bonne température. Ensuite, je pris mon verre pour y boire une gorgée. Le liquide me brûla la gorge et mes parois furent embrasées. C'était de la vodka, pure et dure.

— Je me disais que cela te permettrait de te lâcher… dit mon ami en brisant le silence.

Je grimaçai et lui lançai de l'eau en plein visage.

— Je n'ai pas besoin de ça pour me lâcher ! répondis-je, le sourire aux lèvres.

Protecteur, très protecteur. Itzel était de plus en plus attendri en ma présence. Je me demandais souvent si ce n'était pas à cause de sa petite sœur, qui venait et disparaissait en une seconde. Peut-être avait-il aussi besoin de soutien et du réconfort que sa mère ne lui apportait jamais. Dans tous les cas, il avait réussi à régler ce problème de famille en une après-midi.

— Alors, prouve-le-moi !

Ce dernier se releva et attrapa son verre. Nous trinquâmes et là, celui-ci me mit au défi.

— Au premier qui boit cela d'une traite !

Son regard pétillait d'excitation et il était hors de question que je me laisse abattre par son arrogance. Quand il donna le signal, je bus le plus vite possible cet alcool qui me répugnait. Soudain, je sentis un mal de tête faire surface durant trente secondes à cause de la fraîcheur du liquide. Je portai mes doigts aux tempes et trempai mon corps à moitié en m'asseyant en face d'Itzel, qui d'ailleurs, vint vérifier que tout allait bien en apercevant mon état.

— Ça va ? Pas trop difficile de boire ? dit-il, le sourire aux lèvres. Tu ne dois pas avoir l'habitude. J'aurais peut-être dû commander deux cocktails.

Il se moquait de moi ouvertement. Cependant, je n'eus pas la force de lui répondre. Mes lèvres me trahirent et formèrent un sourire. Je ne contrôlais plus qu'à moitié mes gestes et mes paroles. Je n'étais pas habituée à l'alcool et ce verre fut de trop pour mon corps.

Je l'éclaboussai et le poussai en pouffant de rire. Ma tête tournait et m'en faisait voir de toutes les couleurs. Itzel me jeta aussi de l'eau et une bataille commença. Ce fut à celui qui abandonnerait le premier qui perdait. Je ne cherchais plus à viser correctement sa position, je jouais encore et encore comme une petite fille. Mon enfant intérieur se réveillait et criait de joie sous l'ampleur que ce jeu prenait. Nous pivotâmes pendant que l'eau formait des vagues. Je m'approchai de ce dernier pour sauter sur lui. Itzel me souleva et me chatouilla en riant. Son rire envahit la pièce et me sembla aussi doux qu'une mélodie. Qu'est-ce qu'il était beau.

Je ne tenais plus très bien en équilibre suite à cette satanée vodka et perdais pied facilement. Sur ses épaules, Itzel me déposa devant lui après avoir pris le temps de me taquiner. Je pleurai de rire tant je prenais de plaisir à m'amuser comme ça.

Face à moi, ses mains se posèrent sur ma taille. Nous avions tous les deux un souffle saccadé. Nos visages assez proches l'un de l'autre, nos lèvres se frôlèrent. Prise d'une envie inconnue, peut-être créée sous l'effet de l'alcool, je me penchai sur lui et l'embrassai passionnément. Ses lèvres étaient si douces. Elles avaient un goût sucré, un goût mielleux. Itzel répondit à mon baiser et me souleva de ses bras.

À califourchon, je quittai ses lèvres pour m'attarder sur son cou. Ses mains parcouraient mon corps qui frissonnait au contact de sa peau. Cela faisait si longtemps que je n'avais pas embrassé un homme. Je sentis son entrejambe grossir, bientôt serrée dans le maillot qu'on lui avait donné. Je me frottai contre lui et m'attardai sur son torse. Alors qu'il parsemait ma poitrine de baisers, je me réveillai brusquement et compris que je ne pouvais pas accepter ça.

Je refusais de l'aimer, d'éprouver un quelconque sentiment envers lui tant que j'étais ivre. Je ne voulais pas prendre du plaisir si c'était pour tout oublier au réveil. Je désirais que cela soit fait dans la sobriété, dans la douceur et non grâce à mon ivresse.

Avant qu'il ne puisse retirer mon maillot, ou que j'aille trop loin, je le repoussai et sortis du jacuzzi en courant vers la cabine sans donner d'explications. Je ne pris pas la peine de me changer et me rendis dans ma chambre après avoir récupéré mes affaires. J'eus des difficultés à marcher sans tituber. Je basculai de gauche à droite, mais fus sauvée une fois dans ma cabine. Non. Qu'est-ce que j'avais encore fait ? Je sentais encore sa bouche se diriger sur mes seins, ses mains sur mes fesses. C'était si agréable, si excitant… mais si interdit pour une femme comme moi, une femme exigeante. Je rêvais trop, je désirais toujours la douceur, la tendresse, une histoire d'amour comme celles qu'on lisait dans les romances à l'eau de rose. Je cherchais toujours mieux, toujours plus.

Je glissai contre ma porte fermée et restai assise plusieurs minutes. Qu'allais-je dire à Itzel après tout ceci ? Et à Elsa ? Devais-je lui en toucher un mot ? Je n'étais sûre de rien. Mon esprit était embrouillé à cause de la vodka. Tout se passait trop vite dans mon esprit. Je ne réalisais pas encore ce qu'il s'était produit.

Je tentai de me relever pour retirer mon maillot. Après maintes tentatives, j'arrivais enfin à l'enlever. Il collait à ma peau mouillée. Je désirais absolument me rhabiller avant qu'on ne toque à ma porte. Je pris donc une serviette et m'essuyai. Alors que je soupirais d'épuisement, je m'assis sur mon lit à la recherche de mon sac à main. Lorsque je l'ouvris, je constatai avoir oublié mon téléphone et mon soutien-gorge dans le coffre. Et merde… Si seulement je lâchais prise, si seulement je me laissais aller, tout cela ne se serait pas produit. Nous aurions fini au lit, ou dans le jacuzzi cette histoire pour nous endormir tranquillement. Bon sang, j'étais bonne pour me rendre chez Itzel qui récupérerait certainement mes affaires avant de partir. Du moins, je l'espérais, sinon je n'avais plus rien. Maintenant, je comprenais mieux pourquoi Elsa m'appelait parfois Miss catastrophe. Bientôt, je vivrais le moment le plus gênant de ma vie, celui de le revoir, alors que ses mains m'avaient caressée.

Chapitre 13

Itzel

Je n'arrivais pas à y croire. Elle m'avait laissé, là, dans le jacuzzi, sans la moindre explication. Je sentais encore ses lèvres contre les miennes, son parfum me chatouiller les narines et sa main sur mon torse. En à peine quelques secondes, elle était partie et avait disparu de la pièce.

Abandonné, voilà ce que j'étais. Je ne représentais donc rien à ses yeux ? Alors qu'au premier regard, je l'avais appréciée. Elle m'attirait, m'envoûtait… Sa manière de me tenir tête et son caractère fort m'avaient donné envie d'en savoir plus sur elle. Peut-être que ce moment la gênait, peut-être qu'elle complexait sur son corps ? Si belle, mais si fragile.

Même si j'étais maladroit, j'essayais de faire de mon mieux pour la séduire. Malheureusement, Joséphine ne remarquait rien. Elle semblait ailleurs, dans ses pensées. Et pourtant, elle m'avait embrassé. Elle m'avait embrassé et nous étions prêts à aller plus loin. Nous étions prêts à former un couple, enfin, je l'espérais.

Pourquoi tout s'était terminé comme ça ? Je ne la satisfaisais pas… Sans diplôme, sans travail, je n'étais qu'un moins que rien. Comme diraient mes frères, trop bon et trop con. Mon petit salaire ne pouvait pas subvenir à toutes ses envies, à ses demandes. Cependant, je partais du principe que l'amour restait plus fort que tout.

Je me demandais à quoi ressemblait ce fameux Tom, intelligent et beau selon ses mots. J'eus la certitude qu'une fois à Hawaï, cela se jouerait entre lui et moi. Je n'aimais pas cette idée de compétition, mais je ferais tout pour la garder auprès de moi. Je l'aimais, elle, son corps, son rire, son esprit, toute entière.

Le bruit de l'eau m'encercla et résonna dans la salle. Je finis mon verre d'un coup sec, puis me levai dans l'espoir de la retrouver rapidement. Je désirais des explications. Oui. Je refusais de rester à ce point dans l'ignorance.

Debout, je pris ma serviette et me rendis dans la cabine où je m'essuyai et me rhabillai. La tristesse me consumait et enflammait mon cœur. En regardant dans le miroir, je vis que la déception se lisait sur l'expression de mon visage.

Des cernes sous les yeux, les lèvres bleutées à cause du froid, j'arborais une mine abattue.

Je ne savais pas comment m'y prendre ni comment la faire parler. Elle comptait certainement m'éviter pendant un bon moment. Toutes les femmes possédaient les mêmes réactions : baisers, réveil, déception, regrets. J'étais énervé et irrité par ce qu'elle avait commis. On ne partait pas comme ça, sans rien dire. J'aurais tellement préféré qu'elle me gifle ou qu'elle me dise la vérité, pure et dure, que de partir comme une voleuse.

Un bref geste de la main suffit à me recoiffer sans perdre de temps, puis je sortis de la cabine. La femme d'accueil me stoppa poliment et, souriante, elle me dit :

— Excusez-moi, votre amie a oublié ceci en se changeant. Pourriez-vous le lui rapporter ?

J'attrapai ce qu'elle me tendait, soit le téléphone de Joséphine et son soutien-gorge. Comment cela se faisait-il qu'elle puisse les oublier ? Puis, je me rappelai que nous n'étions qu'à un étage au-dessus de nos chambres et que dans sa précipitation, elle s'était revêtue en quatrième vitesse.

— Bien sûr, merci.

— J'espère que votre moment parmi nous fut plaisant. N'hésitez pas à revenir dès demain. Bonne journée ! cria celle-ci.

Déterminé, j'appuyai avec force sur le bouton et soudain, mon mobile vibra dans ma poche. Hésitant, je vérifiai qui m'appelait ; mon père. J'étais de mauvaise humeur, attristé et découragé par la réaction de Jo. Si mon père en rajoutait une couche, j'allais être hors de moi. Je me sentais mal d'avoir merdé… Peut-être que mes mots l'avaient blessée. Peut-être que je n'aurais pas dû accepter son baiser, mettre un stop, ou refuser d'aller aussi loin. Trop de questions me perturbaient. Toutefois, je finis tout de même par décrocher et répondis, d'un ton neutre, en entrant dans l'ascenseur.

— Oui ?

— Un bonjour ne serait pas de refus ! s'exclama ce dernier de sa voix grave.

Agacé, je fis mon possible pour garder mon calme et pressai le bouton moins un. Mon père n'avait jamais été bon avec moi. J'étais le raté, celui qui faisait honte à la famille, car je n'entamerais ni l'université ni la haute école. Je préférais travailler dans les bars près de la mer pour travailler bénévolement pour les petites tortues. Évidemment, jamais il ne comprit pourquoi cette voie, pourquoi pas étudier la médecine animale. Peut-être parce qu'au fond de moi, je savais que je n'avais pas une tête pour les longues études.

— Qu'est-ce que tu veux, papa ? demandai-je, curieux.

L'histoire d'un instant, il resta silencieux et je n'entendis que sa respiration lourde.

— J'aimerais te parler d'un fait… Mais promets-moi que tu ne t'énerveras pas, peu importe ce qu'il se passe.

Je fus aussitôt inquiet en écoutant ses paroles. Plusieurs questions se bousculèrent dans mon esprit. Est-ce que maman allait bien ? Est-ce que mes frères avaient encore merdé ? Non, ce n'était pas leur style. Ou souhaitait-il que je ramène illico ma sœur dès notre arrivée sur Hawaï ? J'étais le petit diable de la famille, celui qui ne suivait personne et qui créait son propre chemin, sa propre destinée. Raison pour laquelle, papa ne me contactait jamais. Dans la famille, ils me surnommaient le mouton noir, celui qui ne suivait pas la troupe. Adolescent, je le prenais mal, mais maintenant, j'étais tout de même fier de ma différence. Je ne m'obligeais pas à étudier ce que je n'aimais pas, je vivais la vie que je souhaitais sans me forcer. Alors que mes frères et sœurs, eux, préféraient suivre les ordres et traditions de nos grands-parents.

— Je ne te promets rien du tout… Dis-moi ce qui ne va pas ! ordonnai-je, angoissé.

J'attendis, de longues minutes, avant qu'il ne me dise honnêtement ce qu'il avait fait en mon absence.

— Je t'ai inscrit à l'université en économie pour que tu saches reprendre l'entreprise. Ce n'est que trois ans, trois ans d'études. Ainsi, légalement, tu pourras être à la tête de la compagnie… Et puis, cela te permettra de gagner ta vie sans complication. Tu vois, je…

— Pardon ? Tu m'as inscrit dans une école ? Tu sais très bien que j'ai horreur de ça ! hurlai-je, en colère. Et en plus, en économie ! Si seulement c'était dans une option vétérinaire, mais non, bien évidemment. L'entreprise, c'est la famille, hein.

Les ténèbres furent si puissantes en moi que je frappai du poing contre les parois de cette boîte. Les personnes autour me jetèrent des regards, interloqués, mais surtout apeurés.

— Calme-toi ! Ce n'est que trois ans et comme je te l'ai expliqué…

— Tu ne vas rien expliquer du tout. Je ne ferai pas tes études à la con. J'ai un boulot et cela me suffit amplement. Ne t'avise plus jamais de choisir ce qui est meilleur pour moi, je suis assez grand pour faire mes propres choix. Je te conseille de me désinscrire, car je ne payerai rien de ces études.

Sur ces mots, je lui raccrochai au nez et sortis le premier de l'ascenseur quand il s'ouvrit. Ces inconnus, soucieux, me cédèrent le passage, puis je me dirigeai droit sur la porte de Joséphine. Elle allait tout de suite récupérer son téléphone et son soutif. Je ne voulais plus la recroiser, surtout après ce qu'elle faisait. Avant que je ne toque, je posai mon oreille contre la porte et écoutai ce qu'il se passait à l'intérieur. Rien, ce fut le calme vide. Tandis que j'étais occupé, ce fut cette fois-ci le téléphone de Joséphine qui émit un bruit. Elsa la contactait via message.

Elsa : *Je sais que tu me caches quelque chose ! J'espère que, si un garçon est derrière tout ça, tu me raconteras les moindres petits détails de ton histoire. Sinon, je voulais te dire que Tom est gêné de m'accompagner juste pour te rencontrer. Alors, n'hésite pas à être sympa avec lui. Je sais que tu m'en veux, mais il n'y est pour rien. Tout est de ma faute. Appelle-moi quand tu es libre, j'ai plein de trucs à te dire !*

Je relis plusieurs fois le texto. Si même sa meilleure amie se doutait qu'un garçon était auprès d'elle, il n'y avait plus de secrets. Joséphine avait si honte de moi qu'elle ne parlait à personne de notre rencontre. Échec total. Je verrouillai l'écran de son iPhone puis toquai trois fois de suite. Je n'eus aucune réponse. J'insistai avec plus de force et sentis que la porte ne tiendrait pas longtemps si je continuais de cette manière.

Mon père, Joséphine et Elsa... Ces vacances s'annonçaient désastreuses. Journée de brin, bordel.

J'essayai d'ouvrir cette dernière, mais elle était fermée à clef. Je soupirai et donnai un coup de pied contre le mur. Putain de merde. Pourquoi avais-je espéré une seconde que je pouvais lui plaire ? J'étais sans avenir comme le répétait ma mère. Comment rendre une femme heureuse si je n'ai pas un boulot qui m'offre un bon salaire ? J'étais fichu et seul dans cette croisière merdique où tout semblait si rose. Un monde de bisounours. Je me voilais la face depuis le début, car au fond de moi, je savais bien que je ne lui plairais pas tant. Je souhaitais juste continuer de rêver, d'espérer, car l'espoir fait vivre.

— Oh ! Ça ne va pas la tête ?! cria Joséphine en me poussant.

Dans le couloir, je n'aurais pas eu l'idée de penser au fait qu'elle se soit rendue devant ma chambre. Elle était partie si vite.

Ses yeux, rougis par des pleurs, me frappèrent et brisèrent mon cœur pour la deuxième fois de la journée. L'envie de la serrer dans mes bras et de la réconforter me prit. Je fus à deux doigts de l'embrasser et de lui dire à quel point je l'appréciais.

— C'est plutôt toi qui devrais te faire soigner. Tu m'embrasses et puis tu te casses. Je te remercie pour ce moment détente, vraiment, fis-je en lui donnant violemment ses affaires.

La voix brisée, je me tus et m'empressai de rentrer dans ma chambre, les larmes aux yeux. Je ne sus les retenir et sanglotai en pestant plusieurs jurons. Dès que la colère me possédait, les larmes coulaient d'elles-mêmes. Je faisais partie de ces personnes qui pleuraient quand elles étaient énervées. Je leur en voulais à tous. Au monde. À mes parents. À mes frères et sœurs. À Joséphine. Ils se débarrassaient tous de moi, comme si je n'étais qu'une sous-merde sans cœur et sans âme. Comme si je ne ressentais rien…

En colère, je jetai les affaires de mon lit au sol et étouffai chacun de mes cris dans l'oreiller. J'émis tant de bruits que je n'entendis pas Joséphine entrer. Je me retournai et lui lançai un regard noir. Elle se tenait devant moi et, malgré le fait qu'elle ait les cheveux ébouriffés et le visage humide par ses pleurs, elle restait magnifique. Néanmoins, elle ne comprenait pas ce sentiment de vide, de rejet qui m'envahissait depuis des années, depuis bien trop longtemps. Les séquelles resteraient à vie.

— Je… Je suis désolée, prononça-t-elle avec difficulté.

Je me levai brusquement et m'approchai d'elle. Joséphine recula, prise de peur. Mon cœur était noirci par la tristesse, l'amertume, la rancune et la colère. Jamais je ne saurais pardonner à ma famille pour leurs actes et jamais je ne saurais aimer Joséphine si elle me lâchait aussi.

— Désolée ? Tu m'as fait espérer, putain. Quand tu m'as embrassé, je me suis dit que je n'étais pas si nul comme gars et que je n'avais pas besoin d'être riche, d'être diplômé avec distinction pour être apprécié !

Je blâmai comme je ne l'avais jamais fait auparavant. J'étais conscient de ses propres problèmes. Cependant, on ne refusait pas un présent. J'avais versé une grosse partie de mon argent de poche pour qu'on puisse être à deux dans cette salle, qui de base, restait ouverte à tous. Je m'étais ruiné et en échange, elle avait déserté et s'en était allée.

— Je ne sais pas ce que je ressens pour toi, Itzel, répondit-elle en pleurnichant.

La chambre ouverte, je me pressai de fermer par peur qu'on puisse nous entendre. Joséphine observait avec précision mes gestes. Et puis merde, je n'avais rien à perdre. Je la portai contre moi et la posai sur le lit. Assise, elle attendait que je réagisse et ce fut ce que je fis.

Je l'embrassai à pleine bouche. Je dévorai son corps et ses lèvres, comme j'avais voulu le faire le premier jour où nous nous étions rencontrés. Joséphine répondit à mon baiser et se laissa aller. Elle me murmura plusieurs *pardon*. Je la désirais tellement, je la désirais entièrement et je comptais bien déguster chaque partie de son corps.

Je détachai ses cheveux qu'elle coiffait habituellement en chignon, la déshabillai, puis descendis dans son cou. Je parsemai son cœur de baisers, tandis que mes mains la parcouraient et que mes doigts la pénétraient. Elle gémissait mon nom comme j'en rêvais. Sa voix, si douce et son corps, si délicieux. Je durcissais tel un fou. Je me sentis serré dans ce pantalon que je retirai tout en embrassant ma belle, qui stoppa mon baiser et me dit :

— J'en ai assez de cacher celle que je suis et celle que je veux être. Peu importe où la vie nous mènera, je veux profiter avec toi de cette croisière et d'Hawaï.

Ivre de désir, je la regardai intensément sans dire un mot. Au rythme de son souffle saccadé, sa poitrine remontait et redescendait. Elle avait les jambes écartées, déjà prête à m'accueillir. Ce spectacle, son corps, je ne réalisai pas la chance que j'avais de l'avoir entre mes mains, dans mon cœur.

— Alors, passons les prochains jours ensemble et profitons de ces vacances, susurrai-je à son oreille pendant que je malaxais ses seins, durcis par l'excitation.

Le cœur enflammé par son amour, je me glissai entre ses jambes et continuai à lui offrir du plaisir jusqu'au moment où je mis mon préservatif pour la pénétrer. Elle cria de soulagement et je bloquai ses bras au-dessus de sa tête. Bon Dieu, Joséphine était si belle et jolie à l'état naturel. J'allais lui faire payer, oui, elle payera en se tordant de plaisir, elle jouira grâce à moi. *Ma Joséphine, mon ange, celle qui me sauvera de mon désarroi. Tiens-toi prête, j'arrive.*

*

Allongé dans le lit et essoufflé, je venais de me perdre en elle. Aucune femme n'avait jamais réussi à m'apporter autant de plaisir que Joséphine. Peut-être était-ce parce que je l'aimais vraiment ? Parce que, depuis le début, je la désirais ? Je ne voulais pas qu'elle pense que notre relation était trop rapide. En lui jetant un coup d'œil, je remarquai qu'elle souriait les mains sur le cœur. Je la pris dans mes bras et collai mon torse contre son dos.

— Ne m'abandonne plus jamais, Joséphine, tu entends ? Je ne veux pas te perdre de cette manière… lui chuchotai-je entre deux baisers dans son cou.

Elle se retourna et plongea son regard dans le mien. Les mains sur mon visage, elle posa un tendre baiser sur mon front et murmura :

— Pourquoi partirais-je si je me sens bien avec toi ? Si je t'apprécie ? Ne t'inquiète pas. Je ne veux pas te perdre non plus…

Mon cœur battait la chamade. Je souhaitais tellement qu'elle soit ivre de bonheur à mes côtés et pourtant, j'étais effrayé à l'idée qu'elle parte. Joséphine n'aimait pas la rapidité dans un couple, elle me l'avait bien expliqué.

Nous étions adultes et nous avions passé déjà deux longues semaines à nous côtoyer, à en apprendre plus l'un sur l'autre. Je lui livrais mes secrets et elle me donnait ses peurs. Je lui vendais mes rêves et elle me racontait son avenir. J'étais décidé à la garder auprès de moi. Une femme si belle, si intelligente et sensible méritait un homme bon. Je ferai tout pour qu'elle soit heureuse. Oui. Joséphine. Ma Joséphine. *Qu'est-ce que je t'aime…*

*

Joséphine

Je n'en revenais pas. Je l'avais fait. Moi. Joséphine. J'étais en couple avec l'homme le plus séduisant de ce bateau. Bien que je sois terrifiée au fond de moi par cette nouvelle relation, je voulais vivre. Et Itzel réveillait en moi une femme libre et joyeuse. J'aimais ce qu'il créait en ma personnalité, une certaine liberté et beauté. Il acceptait chacun de mes défauts et me permettait de les aimer plus facilement.

Pendant des années, j'avais redouté ce jour, ce jour où je coucherais avec un homme, mais ce fut différent. Itzel était attentionné et doux. Ma fuite n'avait pas été correcte envers lui. Et tant pis pour Elsa et Tom. Je pouvais vivre l'instant présent aux côtés de cet Apollon. Je ne cessais de penser au fait que nous allions peut-être trop à la hâte, mais je chassai ces idées de ma tête. J'étais majeure, adulte et je faisais ce que je voulais de mon corps. J'étais certaine qu'Itzel n'était pas un profiteur.

Couchée sur le côté, ce dernier vint se coller contre mon dos et m'enveloppa de ses bras musclés.

— Ne m'abandonne plus jamais, Joséphine, tu entends ? Je ne veux pas te perdre de cette manière… dit-il au creux de mon cou.

Il m'embrassa tendrement.

— Pourquoi partirais-je si je t'aime ? Ne t'inquiète pas. Je ne veux pas te perdre non plus… lui répondis-je dans l'espoir de le rassurer.

Je n'étais pas le style de filles qui quittait son petit ami juste pour ennuyer mon monde. Je comptais bien garder Itzel à mes côtés, car jamais je n'avais ressenti des émotions aussi fortes. Je me sentais différente en sa présence, mieux dans ma peau, dans ma tête et surtout, j'étais encore plus confiante.

Cette croisière s'était transformée en un voyage en amoureux. Je priais pour que tout se déroule bien à Hawaï, puisqu'Elsa avait ramené un problème avec elle en nous rejoignant sur l'île ; *Tom*.

Chapitre 14

Il fut un temps où l'île nommée Hawaï abritait beaucoup de créatures fantastiques, telles que les sirènes. Connues pour leur beauté, elles allaient et venaient comme bon leur semblait. Les habitants étaient habitués à les croiser lorsqu'ils partaient à la pêche, ou qu'ils allaient se baigner dans la mer.

Ces derniers vivaient en harmonie et se plaisaient dans cet environnement si particulier, jusqu'au jour où des pirates vinrent faire la loi. Ils brisèrent toute relation avec ces créatures et les obligèrent à rejoindre l'océan en les traitant d'animaux sauvages. Blessées, elles fuirent et ne réapparurent jamais.

Seule l'une d'elles resta entre les mains d'un homme : Calypso. Elle fut choyée et aimée de tous pour ses chants, réputés mélodieux et magnifiques. Les chansons de sirène étaient reconnues comme mélodieuses et magnifiques.

Sans exception, les pirates tombèrent tous sous son charme, l'un d'entre eux en particulier : Alejandro. Éperdument amoureux de sa belle sirène, il oublia que sa véritable femme l'attendait au port en Angleterre et demeura auprès de Calypso en espérant qu'elle lui délivrerait le secret d'Hawaï ainsi que son trésor. Mais le temps défilait et il perdit tout espoir.

Il finit par repartir en mer en donnant de fausses promesses à sa belle. Tous les fans de légendes connaissent la suite. D'ailleurs, la plupart racontent son histoire et la *manière dont la jeune sirène fut brisée, mais beaucoup oublient le principal.*

Quand Calypso envoya son amour perdu dans une boucle du temps, elle laissa des traces derrière elle, lesquelles permettraient de la retrouver sur l'île : son corps et son âme. Destinée à vivre pour l'éternité, certains scientifiques disent l'avoir vue. Cependant, ces hommes de sciences disparurent peu après.

Serait-ce dû au hasard ? Ou une simple coïncidence ?

Personne n'en est certain aujourd'hui encore, mais plusieurs signes sur l'île mènent à son antre. Il suffit d'observer autour de soi tous les objets, les bâtiments, tous les signes possibles que l'on peut relier à Calypso. La légende raconte qu'à la fin du chemin, un trésor vous y attend.

— As-tu déjà remarqué que, peu importe les légendes, on parle toujours d'un gain à gagner et du gars méchant, infidèle et triste ? siffla Itzel, déçu du bouquin qu'il venait d'acheter.

Je gloussai et me mis à ses côtés. Cela faisait trois petites semaines que nous étions en mer et que nous passions tout notre temps ensemble.

— Oui ! Mais s'il n'y en avait pas, ce serait moins excitant et intéressant ! répondis-je, amusée.

Itzel me sourit et passa son bras autour de mes épaules.

— Je ne suis pas un pirate, moussaillon ! s'exclama celui-ci en pointant son poing vers le haut, comme s'il était victorieux.

Je le poussai et il s'allongea dans le lit. Itzel représentait ma drogue, mon péché mignon. Il m'aidait à réparer mes blessures et moi les siennes. Nous nous accouplions parfaitement au travers de nos cicatrices passées. Ses parents ne croyaient pas en lui, les miens non plus, sa famille le rejetait, personne ne m'aimait réellement. Nous étions similaires et nous nous aimions pour nos points communs, notre souffrance commune, notre douleur partagée.

— Viens ici, dis-je en posant un tendre baiser sur ses lèvres.

Il répondit à mon baiser en m'embrassant passionnément. Je me relevai par la suite pour attacher mes cheveux en une queue de cheval.

— Quels sont les indices mentionnés dans ton livre ?

Je demandai cela en le prenant et en tournant les pages rapidement. Je voulais tester cette aventure, juste pour l'adrénaline.

— Tu crois vraiment en ça ?

Itzel se paya ma tête et m'arracha le bouquin des mains en le jetant sur sa chaise. Je l'observai, perplexe, par son geste et ses moqueries. Je lui repris le roman et le défiai du regard.

— Oui et puis si on n'essaye pas, comment pouvons-nous être sûrs que cela existe ? Cela pourrait être drôle de tenter, non ?

Ce dernier se redressa et attendit face à moi, interloqué. Il ne me croyait pas. Il parut embarrassé face à mes décisions. Je posai mes mains sur sa taille et levai mes yeux sur son visage. Itzel était bien plus grand que moi et me dépassait de trois pommes.

— Très bien. Je te suis dans ton délire, à une seule condition ! imposa-t-il en se léchant les lèvres.

Je souris d'un air niais, sans rien redouter de sa part, car je lui accordais toute ma confiance. L'intensité dans son regard m'émerveilla. Je sus à cet instant précis qu'il m'aimait de tout son être et que je pouvais l'aimer sans crainte en retour.

— Promets-moi de ne pas traîner seule avec Tom...

Il prononça ceci avec une voix brisée. Je fronçai les sourcils, puis posai mes mains sur son tendre visage. Itzel semblait tellement inquiet et cela s'intensifiait au fur et à mesure que nous nous approchions d'Hawaï.

— Je te le promets. Et puis, j'ai prévenu l'hôtel pour changer ma réservation. Nous dormirons dans la même chambre, alors il n'y a aucun risque que je sois à ses côtés sans que tu ne sois là, le rassurai-je en l'embrassant.

Nous prolongeâmes notre baiser et profitâmes de nos derniers moments intimes à deux. Dès que nous serions sur l'île, Elsa irait certainement s'incruster dans notre vie et me poser des tonnes de questions. Je préparai le lit pendant qu'Itzel allait se doucher. La nuit tombait alors que nous avions tous deux besoin de sommeil.

Je décidai de dormir avec lui, bien que j'aie ma propre chambre, fermée à clef depuis trois jours, sauf pendant mes venues pour récupérer des vêtements.

Itzel représentait tant pour moi... Je craignais, au fond de mon cœur, le jour où tout se fracasserait, car j'étais certaine d'une chose : je ne saurais pas me relever.

Chapitre 15

Joséphine

Les pieds sous le sable froid, je me réveillai en sursaut pour me découvrir esseulée sur la plage d'Hawaï. Je regardai autour de moi, apeurée par ce soudain isolement du monde, puis me levai pour mieux observer les alentours. Les cocotiers qui s'étendaient vers le ciel formaient une grosse masse ténébreuse dans mon dos. La plage était déserte, la mer et les environs aussi, le tout dans un silence seulement entrecoupé par le bruit des vagues. Je ne prêtai pas attention aux remous agités, parfois violents, et avançai droit devant moi, dans le but de sortir du sable qui refroidissait mes pieds. Mes membres, trop lourds, m'obligèrent à redoubler d'efforts. J'avais l'impression de ne jamais progresser. Un coup d'œil derrière moi me permit de remarquer que je n'évoluais pas dans ma marche. Je faisais du sur-place. Il m'était impossible de me déplacer, à moins de me diriger vers l'eau. La crainte envahit peu à peu tout mon être et ma gorge se noua. L'estomac retourné, les mains tremblantes à cause du vent glacial qui effleurait ma peau, je fus soudain prise de nausées, mais tentai tout de même d'avancer vers la mer.

Alors que je réfléchissais à une solution au problème tout en évitant de fondre en larmes, une voix s'insinua dans mon esprit *« Jeune femme à l'esprit rebelle, que viens-tu faire sur mes terres ? »*.

Je me retournai dans tous les sens et balayai la scène du regard. Personne. Il n'y avait personne autour de moi. J'étais seule, complètement seule et livrée à moi-même.

Je cherchai, au sol, à tâtons, une arme qui permettrait de me défendre. Peu importe. Une pierre, un bâton, juste de quoi me protéger contre cette inconnue qui me parlait. Au-dessus de ma tête, la lune brillait de toute sa splendeur et les étoiles scintillaient. Je n'avais jamais vu un ciel aussi beau.

Je n'étais pas tranquille à l'idée de rester au centre de la plage. Toutefois, je fus obligée de faire face à mon cauchemar, soit me diriger vers les vagues.

Tandis que je marchais, j'aperçus une forme dans l'eau qui se dirigeait droit sur ma position. Je m'effondrai à terre et fus paralysée par la peur. C'était une queue, une queue de sirène et cette dernière sortait de l'eau comme si tout cela était normal. La violence des vagues cessa. La créature s'approchait de plus en plus. Sa silhouette était fine, longue. Ses membres aussi étaient fins, voire trop maigres. Je ne réussissais pas à la décrire avec détails par manque de lumière, et craignais qu'elle ne m'approche de trop près. Je la comparais au *slender man*, une autre créature tout aussi effrayante.

Alors que je l'observais, apeurée et à la fois intriguée par son physique, elle ouvrit la bouche.

— Tu causeras ma perte, chuchota-t-elle en me fixant.

J'attrapai un rocher, le plus proche de moi et lui lançai, mais en vain, elle ne bougea pas. Cette sirène avait les dents pointues et des griffes en guise d'ongles. Elle me paraissait intouchable.

Tremblante comme une feuille, je déglutis et devins livide. Mon cœur battait à tout rompre. Les rayons de la lune me montrèrent avec précision à quoi ressemblait cette création alors qu'elle s'approchait de moi. Sa peau, luisante et dorée, s'illuminait à la lumière de la nuit. Un regard assassin, des lèvres crispées, un petit nez crochu. Quant à sa queue, elle était recouverte d'écailles rugueuses et dorées. Tout cela, sans parler de sa chevelure posée sur ses épaules. Des cheveux qui ressemblaient à des serpents.

— Je ne peux tolérer ta présence ici, continua la sirène en s'avançant.

Rampant au sol, elle traîna sa queue jusqu'à moi et me força à l'écouter. Je ne pus m'empêcher, sous l'effroi, de régurgiter tout ce que mon estomac avait encore en stock. Je vomis et toussai. Un goût acide envahit ma bouche.

— Si tu joues avec le feu, tu te brûleras, mais si tu cherches mon trésor, je te tuerai.

Elle me glissa ceci dans un murmure sans que ses lèvres ne bougent. Son regard, ténébreux, en disait assez de lui-même.

Je fermai les yeux et tournai la tête en évitant de reluquer son physique. Cette sirène était terrifiante, horrifique et terrible. Je voulais m'en aller maintenant et ne jamais revenir sur cette terre odieuse.

Un coup de vent fit virevolter ma chevelure et me refroidit. Des frissons me parcoururent et les poils de ma nuque se hérissèrent. Lorsque je rouvris les yeux, elle avait disparu. Soulagée, mon corps se calma et je retrouvai, petit à petit, une respiration rythmée et normale.

Je lâchai prise et restai couchée sur le sable un moment en écoutant la mer s'exprimer. Brusquement, je la vis foncer sur moi, à une vitesse folle et la bouche ouverte avec ses dents pointues. L'adrénaline fit surface d'un seul coup pendant que mon pouls battait si vite qu'il m'infligeait des douleurs. Une voix hurla « Calypso », puis tout forma un trou noir.

Je sursautai en criant, le front en sueur. Itzel se réveilla au même instant et m'enveloppa de ses bras musclés.

— Chut… Ce n'est qu'un cauchemar, dit-il, le souffle court.

Il me parut aussi effrayé que moi. En caressant mon visage, Itzel me donna un baiser et me proposa de me recoucher. Même s'il essayait de me réconforter et de me rassurer sur le fait que tout cela était irréel, que tout cela n'était qu'un cauchemar, je ne réussis pas à trouver le sommeil. Il se rendormit très vite, cependant ce ne fut pas mon cas. Je me retournai, sur la droite, sur la gauche.

Je tentai même de me coucher sur le ventre, mais rien n'y fit. Ce cauchemar était plus réel qu'il paraissait l'être. Cette voix, si puissante, je pouvais encore l'entendre. Et puis, cette sirène, elle était bien là à me menacer.

Ces recherches sur Calypso rassemblaient de plus en plus de dangers. Je désirais plus que tout vérifier si cela était véridique, mais mon cœur refusait de s'y plonger. Pour lui, aucune aventure n'était possible si ça concernait cette sirène, mais ma tête, elle, luttait et me poussait à en connaître plus. Avec toutes les visions que j'avais vues, les sentiments ressentis à l'instant même, je ne pouvais me permettre d'ignorer la légende. Dans ce rêve, pourtant si réel, je m'étais sentie si attirée par l'eau, par la présence de cet univers sous-marin comme si j'en faisais partie.

L'horloge affichait trois heures cinquante-deux. Je soupirai et croisai les bras au-dessus des couettes. La nuit s'annonçait longue et insoutenable. Dans quelques jours, nous serions là-bas et dans quelques jours, ma peur pourrait se confirmer.

Les yeux clos, je comptai les moutons jusqu'au moment où je m'assoupis dans les bras d'Itzel, priant pour ne plus retourner dans ce rêve effroyable. Je cédai sous la pression.

Quelle nuit de merde.

Chapitre 16

Occupée à ranger mes affaires dans le sac que j'avais emporté pour dormir dans la chambre d'Itzel. Je sursautai lorsque la sonnerie de mon téléphone envahit la pièce puis, décrochai sans vérifier qui appelait. Je répondis d'une voix trop aiguë :

— Oui ?

— Joséphine ? C'est Elsa. Comment ça se passe sur le bateau ? J'ai hâte de te rejoindre ! dit-elle, de bonne humeur.

J'aurais sans doute dû me réjouir de cet appel, mais je me sentais plus embarrassée qu'impatiente à l'idée de ces retrouvailles. Je pressentais qu'Elsa risquait de me coller et ne supportais pas ça, surtout dans ces circonstances : je redoutais qu'elle cherche à s'insinuer dans ma vie, en particulier dans mon couple.

— Tout va bien pour l'instant. La fin de la croisière approche, mais je ne regrette rien. J'ai envie de retrouver la terre ferme !

Je bégayai par erreur et tentai de changer de sujet.

— Et toi, tout se passe pour le mieux ? fis-je gênée en me grattant la nuque.

— Tu me caches quelque chose, Jo… Dis-moi !

Elsa devinait tout le temps ce que j'essayais de dissimuler derrière un sujet de conversation.

— Mais non… C'est juste que la croisière commence à être longue. Bronzer sous le soleil, c'est super, mais j'ai envie de sentir le sable chaud sur ma peau, les vagues, tout ça quoi !

Elle fut silencieuse un petit temps, puis repris la cadence.

— Je n'y crois pas à ton blabla, je te connais trop pour ça, ma belle ! Raconte-moi les potins du bateau. Un bel homme à l'horizon ?

Je soupirai, exaspérée, puis revins à la charge en expliquant les détails des derniers jours passés. Même si j'étais fatiguée comme jamais, je ne pouvais lui en vouloir. À sa place, j'aurais été aussi excitée par les récits de ses voyages.

— J'ai rencontré une personne en arrivant sur le bateau. C'est vrai qu'au début, ses airs m'agaçaient, mais aujourd'hui, je ressens quelque chose pour lui.

Il eut un instant de silence. Je devinais son inquiétude en ce qui concernait son ami Tom, qu'elle avait amené à ses côtés.

— Ah… Comment s'appelle-t-il ?

Je perçus de la déception dans sa réponse et surtout dans sa voix. Elle semblait attristée que je ne lui aie rien dit par rapport à ma relation. Néanmoins, je n'aimais pas me confier, je préférais me débrouiller seule, quitte à me sentir isolée de tout le monde. Je me renfermais dans ma coquille et, en cas d'urgence, je l'appelais la nuit.

— Itzel. Il est vraiment merveilleux avec moi, tu sais. Il m'aime comme je suis, mon corps et mes rondeurs. Et puis, il se porte souvent volontaire pour aider les animaux.

— Oh, d'accord. Pourquoi tu ne m'en as pas parlé ? me reprocha Elsa d'un ton légèrement agressif.

Je levai les yeux au ciel, certaine que si je ripostais sur le même ton, cela partirait en cacahuète. Elsa détestait qu'on lui parle froidement. Pourtant, elle devrait s'y habituer, car le monde des adultes ne regorgeait pas de merveilles. Je renvoyai donc la balle en répliquant :

— Tu ne m'as pas non plus prévenue pour Tom.

L'atmosphère commença à se tendre et l'ambiance devint plus ferme. Je vis Itzel me faire signe en m'expliquant de grouiller mes fesses si je voulais une table au *Pueblo Bar* pour midi. Je lui fis des gros yeux et fermai la porte de la chambre pour qu'il ne me dérange pas. J'attendis, j'attendis longtemps après son retour. Allait-elle couper la ligne ? Je ne pensais pas qu'elle puisse être aussi excessive que moi, pourtant, j'aurais aimé qu'elle le soit juste à cet instant précis.

— Cela fait un moment que vous êtes ensemble ? demanda Elsa sèchement.

— Deux semaines, voire plus, mais je ne veux pas me précipiter. En plus, je n'apprécie pas compter les jours précisément. L'amour ne se définit pas par le temps, mais par la confiance que je lui accorde.

— Et qu'est-ce qui te dit que c'est le bon, que ça va fonctionner ? Qu'il ne souhaite pas juste s'amuser ? N'oublie pas que tu es dans une croisière, pas en ville dans un café.

La discussion allait encore partir en vrille et Elsa commençait déjà sa crise. Bien qu'elle soit adorable, je détestais qu'elle me fasse le coup de la trahison ou du mensonge. Je ne mentais pas, je ne tournais pas non plus le dos, je gardais juste ma vie privée pour moi. Elle me faisait le coup de l'amourette de vacances. Cependant, combien de personnes dans mon entourage avaient rencontré leur mari ou leur femme lors de voyages ?

— Arrête avec tes suppositions à deux balles. Je ne crois pas que tu sois en position de me reprocher quoi que ce soit. Jusqu'ici, tu étais la seule à t'amuser avec des garçons inconnus que tu rencontrais en soirée, laisse-moi aussi profiter... Pour une fois que je retrouve l'amour. Après ma mauvaise expérience, tu devrais être contente pour moi, me comprendre...

— Bon sang, Joséphine, je pense juste à toi. Je n'ai pas envie de te revoir dans le même état qu'après ta rupture avec ton premier amour. Tu oublies que je t'ai ramassée à la petite cuillère, que je t'ai hébergée à mes frais et tout ça, juste pour que tu te sentes mieux. Le fait que tu sois en couple après autant d'années à refuser la présence d'un homme ne me rassure pas trop... Surtout quand tu me dis que tu le connais depuis peu. J'ai peur que tu sois déçue.

— Écoute, entre-temps, j'ai mûri. Je ne suis plus cette fille qui s'occupait tant du regard des autres. J'ai appris à m'aimer et, si un jour Itzel décide de partir, hé bien, c'est la vie. Je dois m'y faire. Je n'ai plus seize ans, tu sais.

— Je ne voulais pas que tu le prennes mal, Jo. Je veux juste être présente à n'importe quel moment pour toi et te soutenir dans tes démarches. Tu devrais réfléchir avant de te lancer dans cette relation sérieuse...

Je me mordais les joues pour éviter de lui hurler dessus. Me lâcher ne servirait à rien à part empirer notre relation amicale.

— J'ai peut-être moins d'expériences que toi, mais mes relations amoureuses n'ont jamais cessé après une semaine. J'ai toujours été sérieuse et certaine de mes choix. Alors, crois-moi, si j'ai envie d'être avec lui, je le resterai ! Je ne souhaite pas que tu interviennes dans ma vie de cette façon. Mon couple ne regarde que moi.

Sur ces mots, je l'entendis sangloter et elle me raccrocha au nez. Je jetai le téléphone dans le lit et frappai mon poing contre le mur. C'était injuste, injuste qu'elle se sente obligée de se mêler de mon histoire d'amour, injuste qu'elle veuille aller trop loin dans ma vie. Il y avait des limites.

Tandis que je m'énervais et que j'en voulais au monde entier et en particulier à ma meilleure amie, Itzel entra dans la chambre et ferma à clef derrière lui. Quand ce dernier remarqua mon agacement, il fronça les sourcils. Oui, je m'énervais pour un rien, une petite étincelle. C'était mon tempérament. Heureusement, il aimait mes défauts comme mes qualités. Ce dernier me prit dans ses bras et m'aida à calmer ma colère. Je lui racontai ce qu'il s'était passé et celui-ci m'écouta sans m'interrompre. Je le remerciais pour son silence et son attention. C'était tout ce que je désirais de sa part pour l'instant.

Je blâmai Elsa et ses mauvaises habitudes. Dès qu'elle n'était plus au centre de l'attention, elle devait revenir à la charge pour montrer toutes ses qualités, tout ce qu'elle avait accompli pour moi pendant qu'elle zappait mes efforts envers elle aussi. Ça me mettait hors de moi et folle de rage. Et, bien que je sois accoutumée à ses airs, je ne réussissais pas à la supporter dans ces périodes-là.

— Chut… Ne t'inquiète pas pour ce qu'elle a dit. Quant à Tom, je ne veux pas le voir du séjour. Je mettrai les choses au clair quand nous serons réunis, m'expliqua-t-il.

— C'est d'accord. J'espère juste que les tensions seront calmées… Je ne souhaite pas que mes vacances soient gâchées pour une querelle aussi stupide.

Il émit un rire rauque et resserra son étreinte autour de moi. Je lui embrassai la joue et le laissai me bercer. J'éprouvais une certaine sécurité quand j'étais avec lui, dans ses bras.

*

Elsa

— Dis-moi que c'est une blague, Elsa ! me cria Tom, rouge de colère.

En larmes, je pleurai suite à ma chicane avec ma meilleure amie. Elle ne me parlait jamais aussi froidement. Je ne voulais pas la perdre une nouvelle fois à cause d'un homme.

— Excuse-moi ! Comment aurais-je pu savoir qu'elle allait rencontrer quelqu'un entre temps ? fis-je en bafouillant.

Je reniflai et me mouchai à trente-six reprises. Le visage humide de larmes, je me débarbouillai à la hâte au lavabo de la salle de bain. Tom me hurlait dessus depuis une dizaine de minutes. Il avait pris cette nouvelle comme une révélation et surtout avec l'effet d'une gifle. Il ne se contrôlait même plus. Avec tous ces cris, je fus apeurée à l'idée que Tom puisse me toucher. Je ne le reconnaissais plus. Je priais pour que les rumeurs à son sujet, sur sa violence, soient fausses.

— Putain. Je n'aurais jamais dû suivre une salope et une coincée à l'autre bout du monde ! Je ne sais pas ce qu'il m'a pris. Et dire que j'aurais pu me barrer en Amérique avec un boulot de rêve. Vie de merde !

Il sortit de la pièce en claquant la porte violemment. Je restai encore sous le choc de sa brutalité et de ses mots qui me décrivaient. *La salope...* Et Joséphine qui criait haut et fort que *je ne savais pas tenir une relation plus d'une semaine.* Je ne pensais pas donner cette image de moi, ni même de ma personnalité. Je croyais juste refléter mon indépendance...

Déçue, je frottai mes yeux et me mis au balcon où je bus un verre de rosé. Les vagues étaient déchaînées, ce qui empêchait les surfeurs d'aller en mer. J'observai, à l'horizon, les multiples bateaux de pêche. Cet hôtel était parfait, m'offrait une très belle vue, une chambre confortable et, pourtant, je n'étais pas heureuse.

Je regardai rapidement mon téléphone et vis que Joséphine ne m'avait pas recontactée depuis l'appel. Je soufflai, ennuyée, et réfléchis à son arrivée. Bientôt, je la reverrais et je saurais à quoi ressemble ce fameux Itzel. Je prévoyais déjà son comportement et ses remarques. Je craignais qu'elle ne me rejette et que je finisse seule ce séjour.

Bon Dieu… Ces vacances ne seront pas de tout repos.

*

Tom

Comment avait-elle pu m'obliger à céder ? Je n'aurais pas dû la suivre jusqu'à Hawaï. Bien que l'île soit magnifique, ornée de ses orchidées, je n'aimais pas tant cet endroit trop parfait et exotique à mon goût.

Tout le monde rêvait de vacances comme celles-ci, cependant je désirais voyager en Asie, un continent qui me fascinait depuis ma tendre enfance. Quel con, putain. J'allais devoir traîner avec Elsa tout au long du séjour pour ne pas perdre mes repères.

Irrité par le comportement de ces femmes, je me promenai le long de la plage, les pieds dans l'eau. La mer était froide, voire glaciale. Il était tard et la lune s'élevait petit à petit aux côtés des étoiles qui formaient des constellations.

Je les observai le temps d'un instant et imaginai mes grands-parents veillant sur moi. Mon grand-père avait l'habitude de me raconter toutes sortes de légendes. Le soir, il me parlait d'une dame très triste qui, se sentant si seule dans son monde, versait plusieurs larmes pour ses amours perdues. Elles furent si nombreuses qu'elles créèrent un océan indomptable par l'homme. Aucun bateau ne pouvait prendre l'eau, à moins de prier la dame morte de chagrin, cette dame dont les cendres se transformèrent en une seule grande étoile.

Tandis que je pensais à ma famille, je tombai nez à nez avec des bars à prostituées. J'hésitai à y pénétrer et me décontracter. Après tout, Elsa se tapait bien plusieurs gars et Joséphine aimait un autre homme. J'inspirai, expirai et réfléchis quelques secondes. Une heure de colère à marcher sur le sable, mais maintenant, je pouvais profiter d'une minute de plaisir.

Saisi d'une envie irrésistible de me vider, je poussai brusquement la porte et entrai dans le bar. Plongé dans une ambiance violette, des rires éclataient et des femmes nues vagabondaient entre les tables. Surpris par le nombre de prostituées dans un endroit si réduit, je m'assis sur une chaise au fond et contemplai en salivant le spectacle qui s'offrait à moi.

Des corps déshabillés, lisses, doux, s'exposaient sous mes yeux. Des seins, des fesses rebondies, il y en avait partout !

Je les dévorai du regard avec satisfaction en rêvassant auprès de l'une d'elles au lit. Ce à quoi je pensais pouvait sembler immonde, malheureusement, l'homme était fait de qualités comme de défauts.

Toutes ces demoiselles se trimballaient là, juste devant moi et me fixaient en attendant une réaction de ma part. Je déglutis et serrai les accoudoirs comme un cinglé. Ma respiration devint de plus en plus lourde. Tandis que je fantasmais, les mâchoires serrées sur chacune de ces beautés, mon intimité durcit et se serra dans mon caleçon.

Je balayai la scène du regard et prêtai attention à chaque détail sur ces corps mouvants : tantôt à longues chevelures, tantôt à courtes, certaines avaient une énorme poitrine avec un cul bien rond ; une belle paire de fesses.

Alors que je rêvassais, l'une d'elles vint à ma rencontre et se frotta contre moi. Je tentai de l'embrasser et de répondre à ses invitations. Cependant, elle me montra du doigt l'homme à l'entrée, robuste, grand et à la tête dure.

Je me levai et me pressai de payer la somme convenue avant que cette dernière ne m'amène dans sa chambre. Parcourant les multiples couloirs du bâtiment, je la matai en lui caressant le dos du bout des doigts.

— Je m'appelle Amata et toi ? demanda-t-elle en souriant.

— Appelle-moi Tom, fis-je en voyant à quel point elle était belle.

Sur ces trois mots, elle me prit la main pour m'amener à l'étage. Je ne savais pas que ça allait si vite dans ce pays.

Quand nous fûmes dans sa chambre, je fermai la pièce à clef et poussai la jeune femme dans le lit. Elle atterrit sur son ventre et rit aux éclats. Son rire résonna telle une mélodie. Ce fut sans attendre que je retirai ma bite du caleçon, enfilai un préservatif et la pénétrai en levrette d'un coup sec. Un gémissement s'échappa de ses douces lèvres ainsi que des miennes. Je rentrai en elle et sortis en lui serrant la taille.

Je continuai en enlevant mon tee-shirt. Qu'est-ce que c'était exquis ! Mes mains se baladèrent sur ses seins que je malaxai tout en jouant avec ses tétons. Amata. Qu'est-ce qu'elle était sexy et bonne à baiser. Ses petits cris à chacun de mes coups de reins envahirent la pièce. J'accélérai le rythme en titillant son intimité. Elle ne tint plus et m'en demanda encore plus.

— Fais-moi jouir, putain. J'en peux plus, dit cette dernière en tirant sur les draps.

Sans hésitation, je m'enfonçai plus profondément en elle et de manière plus violente. Les quelques secondes qui suivirent furent les plus belles de ma vie. Je me perdis en elle, me vidai et elle jouit en criant mon nom. La chaleur oppressante dans cet immeuble nous fit suer comme des porcs après notre aventure.

Je mourrais de chaud et m'écroulai sur Amata, mêlant mon souffle saccadé à sa respiration haletante. J'aperçus un sourire sur le visage de cette douce femme qui exprimait une certaine satisfaction.

— Je ne te croyais pas comme ça, Tom, chuchota Amata en posant un baiser sur mes lèvres.

Je la retournai, le short et le caleçon tombant sur mes pieds. J'en profitai pour retirer le préservatif pour le jeter, puis me collai contre elle en la dégustant à nouveau. Cette nuit de folie me rendit fou et ivre de désir. Tant pis pour Joséphine. Ce soir, je voulais m'amuser en la présence de cette beauté. Je souhaitais prendre mon destin en main. Ce n'était pas à Elsa ou à Jo' de m'aider, mais à moi seul. J'avais envie de sexe, de me défouler sur le corps de cette déesse sans penser à hier ou à demain.

— Prête pour un second tour ? lui dis-je en me penchant sur sa poitrine.

La seule réponse que je reçus fut un gémissement. La nuit de mes rêves se réalisait enfin.

Chapitre 17

Alejandro

Je naviguais sur l'océan depuis des années, des siècles, des millénaires. Je ne voyais plus la fin de ce voyage. Je me demandais bien si un jour les Dieux nous viendraient en aide. Toute mon enfance, j'avais refusé de croire en la magie, aux malédictions et voilà que j'en vivais une. Ma propre malédiction qui sûrement faisait succès auprès des autres pirates encore vivants.

Je dirigeais mes hommes pour éviter les tempêtes, soir après soir. Nous combattions toujours contre le même monstre, nuit après nuit. Nous cherchions désespérément l'amour, jour après jour. Calypso ne nous avait pas ratés. C'était le cas de le dire. Elle nous avait touchés en plein dans le mille. Son don la surpassait. Sa magie était trop puissante pour qu'elle ne sache pas la contrôler. Je redoutais ce dont elle était capable, bien que je ne le laissais pas percevoir à l'équipage. Je ne désirais pas les inquiéter plus qu'ils ne l'étaient. Nous étions emprisonnés dans ce couloir du temps et seul un être d'une sagesse absolu aurait la chance de nous délivrer.

Malgré tout le temps passé, le bateau affichait encore ses voiles et sa force fièrement. Par chance, nous ne connaissions plus la faim ni la soif. Seul le désir d'amour formait un vide dans notre cœur, nous submergeait. Il nous consumait, nous rongeait de l'intérieur. Comment une sirène, une si belle créature avait pu nous puni de la sorte ?!

Toutefois, mon équipage se contentait de pester chaque jour envers le monstre qui nous avait maudits. Je ne pouvais pas leur en vouloir, car je souffrais de ce sort. Mais c'était de leur faute. Leur mutinerie m'avait forcé à épouser cette étrangère pour ensuite voler la fortune de son père. Ils m'avaient tous trahi et, pourtant, je les laissais vivre sur mon navire. Pourquoi devrais-je payer l'erreur à moi tout seul ? Je souhaitais à tout prix que la douleur les tourmente suffisamment pour en souffrir, pour qu'ils se remettent en question. Trahir le capitaine était défendu. Cependant, ils n'avaient pas hésité une seconde, comme Calypso n'avait pas douté de son sort.

Subitement, alors que je prenais la barre du bateau, une énorme spirale lumineuse se créa à quelques mètres devant nous. Elle commença à nous aspirer lentement. Nous étions si affolés que tout le monde lâcha son poste pour courir dans tous les sens. Je ne comprenais pas trop la nature de cette spirale. Sa lumière était si intense qu'elle nous aveuglait. La peur au ventre, je m'accroupis. Le vent devint violent et se frappa contre les voiles. Il nous amenait droit vers cette chose, à croire que l'océan se liguait contre nous.

La mer semblait plus mouvementée que jamais. L'effroi me prit au fond de mes tripes. La mort venait-elle nous chercher ? Était-ce mon heure ? Couché contre le plancher, je cherchai à tâtons un objet fixé au navire pour ne pas passer par-dessus bord. La violence des vagues s'intensifiait. Le bateau allait dans tous les sens sans que je ne puisse le manipuler.

Nous criâmes les unes contre les autres, croyant avoir touché ou dit quelque chose qu'il ne fallait pas. Tous nos canons, nos vêtements, nos affaires tombèrent dans l'eau. J'ordonnai à mes hommes d'abandonner leurs biens pour se protéger. Cependant, mes cris ne furent pas assez puissants puisque personne ne m'écouta.

Je plissai les yeux pour observer ce qu'il se produisait. Nous nous approchions dangereusement de la lumière. Une idée illumina alors mon esprit. Ma bien-aimée nous avait emprisonnés dans ce couloir du temps. Une prophétie disait qu'un jour, le sort serait levé.

Et si nous sortions de la boucle ?

Vous avez aimé votre lecture ?
Découvrez les autres romans des éditions So Romance
disponibles en format papier et numérique.

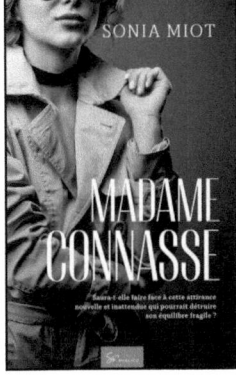

Madame Connasse

Agathe, cousine de Corentin Connard, reprend les affaires de Separagence. Après une année en Espagne à se remettre d'une fausse couche dans l'alcool et l'allégresse, elle revient affronter ses vieux démons : un ex-fiancé trompé, une famille abandonnée sans un mot. Et... comme si tout cela n'était pas suffisant, il fallait aussi que cette chère Ella, alias Miss Parfaite, alias la fiancée de son frère, débarque dans sa vie pour mieux la chambouler... Madame Connasse sera-t-elle la digne héritière de Monsieur Connard ?

Autumn
Tome 1 : Mon coeur s'ouvre à ta voix

Lorsque le lieutenant Jay Ransom retourne dans l'état du Vermont, il ne s'attend pas à être aspergé de peinture rose par Autumn Hensley en guise de bienvenue. Frappée de mutisme, la jeune femme fréquente peu de gens. Irrépressiblement attiré par cette personnalité atypique, Jay s'impose avec panache dans l'univers d'Autumn et libère à son contact une part de lui-même jusqu'ici inexplorée. Mais le métier du militaire parviendra-t-il à protéger leur histoire de tous les dangers ?

L'Amant de Pénélope
Tome 1 : Sous le ciel de Grèce

Partir en Grèce pour une semaine de vacances ? Le paradis pour une passionnée des vases antiques, telle que Pénélope. Y retrouver sa soeur fraîchement mariée avec un jeune milliardaire ? Encore mieux. Cependant, Pénélope s'attendait à tout sauf à ce baiser grisant, volé par un inconnu dans les recoins sombres d'une bibliothèque... pour ensuite se rendre compte que cet inconnu n'est autre que l'archéologue qui l'accompagnera durant son périple. Un baiser peut-il vraiment tout changer ?

Don't say that I love you
Tome 1 : Amour défendu

Dans la famille Parks, tout le monde participe à l'entreprise familiale : les hommes sont stylistes, les femmes couturières. N'ayant qu'une fille, Soni, Clay Parks forme Drew, un jeune styliste, pour prendre sa suite à la tête de l'entreprise. Il le considère comme un fils. Difficile dès lors pour Drew et Soni d'assumer cette folle attirance qu'ils ont l'un pour l'autre... Autre détail : Drew a le double de l'âge de Soni. Toutefois, ils ont décidé qu'il ne se passerait rien entre eux, donc en théorie, aucun problème en vue... En théorie.

Pour en savoir plus
www.soromance.com

© Éditions So Romance, 2019 pour la présente édition

Lemaitre Publishing
159 avenue de la Couronne
1050, Bruxelles
www.soromance.com

D/2019/14.771/25
ISBN : 9782390450726

Maquette de couverture : Philippe Dieu
Photo : © majdansky / Fotolia